**1판 1쇄 인쇄** 2024년 5월 3일
**1판 1쇄 발행** 2024년 5월 28일
**발행처** (주) 서울문화사 | **발행인** 심정섭
**편집인** 안예남 | **편집팀장** 최영미 | **편집** 김은솔, 박유미
**브랜드마케팅** 김지선 | **출판마케팅** 홍성현, 김호현 | **제작** 정수호
**출판등록일** 1988년 2월 16일 | **출판등록번호** 제2-484
**주소** 서울시 용산구 새창로 221-19
**전화** 02)791-0708(판매), 02)799-9375(편집)
**디자인** 이혜원 | **인쇄** 에스엠그린인쇄사업팀
ISBN 979-11-6923-904-2
979-11-6923-823-6(세트)

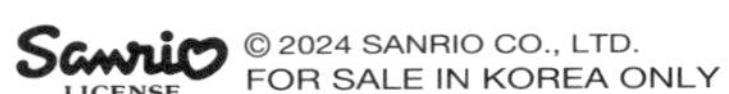

산리오캐릭터즈

# 한자사전

서울문화사

# 캐릭터 소개

## 헬로키티

- **생일:** 11월 1일
- **태어난 곳:** 영국 교외
- **키:** 사과 5개
- **좋아하는 음식:** 엄마가 만들어 준 애플파이
- **좋아하는 것:** 피아노 연주, 쿠키 만들기

## 마이멜로디

- **생일:** 1월 18일
- **태어난 곳:** 마리랜드에 있는 숲
- **키:** 숲에 있는 빨갛고 하얀 물방울 모양의 버섯과 비슷한 정도
- **취미:** 엄마와 함께 쿠키 굽기
- **좋아하는 음식:** 아몬드 파운드케이크

## 쿠로미

- **생일:** 10월 31일
- **매력 포인트:** 검은색 두건과 핑크색 해골
- **취미:** 일기 쓰기
- **좋아하는 색:** 검은색
- **좋아하는 음식:** 락교

## 시나모롤

- **생일:** 3월 6일
- **사는 곳:** 수크레 타운에 있는 '카페 시나몬'
- **특기:** 큰 귀로 하늘을 나는 것
- **취미:** 카페 테라스에서 낮잠 자기
- **좋아하는 것:** '카페 시나몬'의 유명한 시나몬롤, 코코아

## 폼폼푸린

- **생일:** 4월 16일
- **사는 곳:** 주인 누나 집 현관에 있는 푸린용 바구니
- **취미:** 신발 모으기
- **특기:** 낮잠, 누구든지 친해지는 것
- **좋아하는 음식:** 우유, 푹신푹신한 것, 엄마가 만들어 주는 푸딩

## 포차코

- **생일:** 2월 29일
- **매력 포인트:** 아기 똥배
- **키:** 바나나 아이스크림 라지 사이즈 컵 4개 정도
- **취미:** 걷기, 놀기
- **좋아하는 음식:** 바나나 아이스크림

# 이 책의 구성

## 본문 구성

1. 6개의 다양한 주제로 나누었어요.

2. 한자의 급수를 알려 줘요.

5. 한자를 따라 쓰면서 쉽게 익혀요.

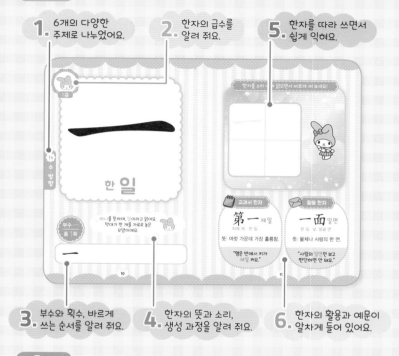

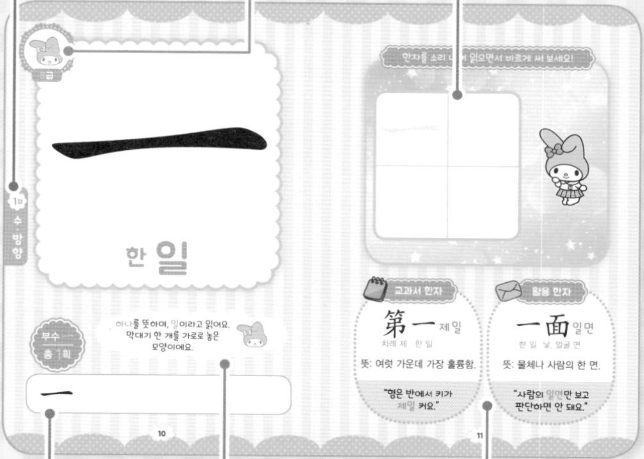

3. 부수와 획수, 바르게 쓰는 순서를 알려 줘요.

4. 한자의 뜻과 소리, 생성 과정을 알려 줘요.

6. 한자의 활용과 예문이 알차게 들어 있어요.

## 부록 구성

7. 한자가 만들어지는 원리, 한눈에 보는 한자 등을 통해서 일상에서 자주 사용하는 한자를 알아 봐요.

8. '가나다' 순으로 찾아보기를 보고 궁금한 한자를 찾아서 공부해요.

# 차례

부록

1장

# 궁금궁금 수와 방향 표현 한자

一

한 일

하나를 뜻하며, 일이라고 읽어요.
막대기 한 개를 가로로 놓은
모양이에요.

一

한자를 소리 내어 읽으면서 바르게 써 보세요!

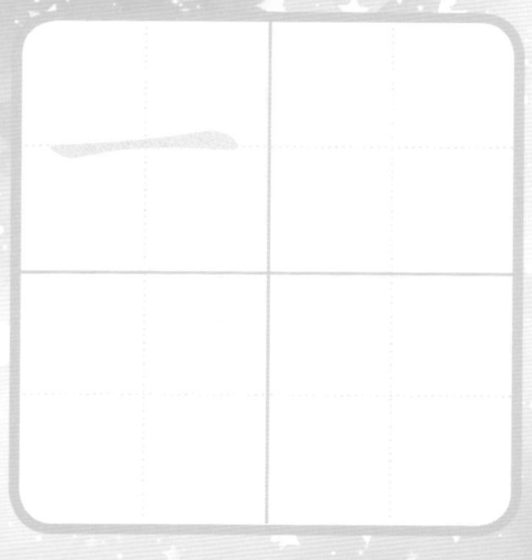

第一 제일

차례 제 한 일

뜻: 여럿 가운데 가장 훌륭함.

"형은 반에서 키가 제일 커요."

一面 일면

한 일 낯, 얼굴 면

뜻: 물체나 사람의 한 면.

"사람의 일면만 보고 판단하면 안 돼요."

# 二

## 두 이

1장 수·방향

둘을 뜻하며, 이라고 읽어요.
막대기 두 개를 가로로 놓은
모양이에요.

한자를 소리 내어 읽으면서 바르게 써 보세요!

이층

두 이 층 층

뜻: 여러 층으로 된 건물의 두 번째 층.

"우리 반은 학교의 이층에 있어요."

二百 이백

두 이 일백 백

뜻: 이십의 열 배가 되는 수. 200.

"도서관에는 책이 이백 권 넘게 있어요."

석 삼

셋을 뜻하며, 삼이라고 읽어요.
막대기 세 개를 가로로 놓은
모양이에요.

한자를 소리 내어 읽으면서 바르게 써 보세요!

교과서 한자

三權 삼권

석 삼 권세 권

뜻: 입법권, 사법권, 행정권을 이르는 말.

**"우리나라는 *삼권이 분립되어 있어요."**

*삼권 분립: 국가 권력이 한곳에 집중되는 것을 막는 제도.

활용 한자

三千里 삼천리

석 삼 일천 천 마을 리

뜻: 우리나라 전체를 이르는 말.

**"빨리 커서 삼천리를 여행해 보고 싶어요."**

# 넉 사

넷을 뜻하며, 사라고 읽어요. 막대기 네 개의 모양이었다가, 三(석 삼)과 헷갈려서 四로 모양이 바뀌었어요.

## 한자를 소리 내어 읽으면서 바르게 써 보세요!

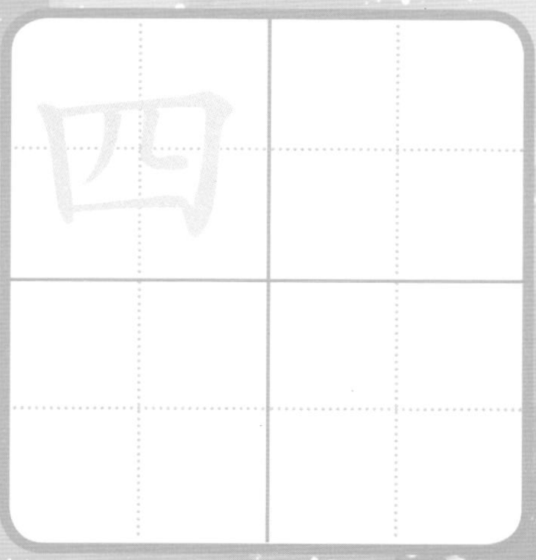

### 교과서 한자

四角形 사각형

넉 사 뿔 각 모양 형

뜻: 네 개의 선분으로 둘러싸인 평면 도형.

**"공책은 사각형으로 생겼어요."**

### 활용 한자

四面 사면

넉 사 낯, 얼굴 면

뜻: *전후좌우의 모든 방면.

**"우리 집은 사면이 산으로 둘러싸여 있어요."**

*전후좌우: 앞과 뒤, 왼쪽과 오른쪽. 사방을 이르는 말.

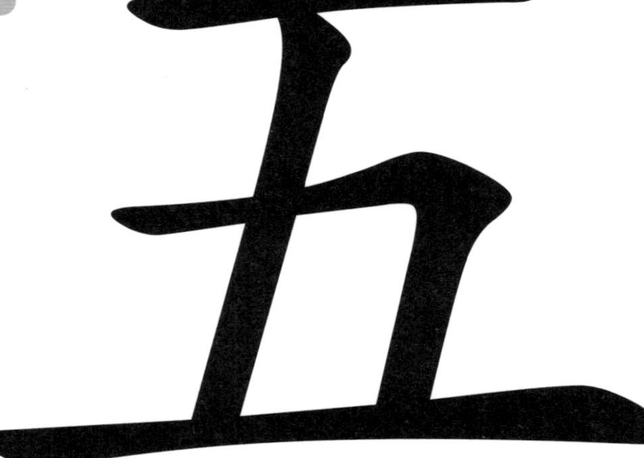

# 다섯 오

다섯을 뜻하며, 오라고 읽어요.
五는 二(두 이) 사이에
乂(다섯 오)를 넣은 모양이에요.

五 五 五 五

한자를 소리 내어 읽으면서 바르게 써 보세요!

교과서 한자

五穀 오곡

다섯 오 곡식 곡

뜻: 다섯 가지 중요한 곡식.

"오곡을 챙겨 먹으면 몸이 튼튼해져요."

활용 한자

五色 오색

다섯 오 빛 색

뜻: 다섯 가지 빛깔.

"마당에 꽃이 오색으로 아름답게 피었어요."

# 六

여섯을 뜻하며, 륙 또는 육이라고 읽어요. 六은 양손 손가락 세 개를 아래로 편 모습이에요.

한자를 소리 내어 읽으면서 바르게 써 보세요!

六角形 육각형

여섯 륙(육) 뿔 각 모양 형

뜻: 여섯 개의 직선으로 둘러싸인 평면 도형.

"벌집은 육각형의 방이 여러 개 모인 형태예요."

六十 육십

여섯 륙(육) 열 십

뜻: 열의 여섯 배가 되는 수. 60.

"문구점에는 장난감이 육십 종류가 넘게 있어요."

# 일곱 칠

일곱을 뜻하며, 칠이라고 읽어요.
七은 十(열 십)과 모양이 비슷했지만
끝을 구부려 지금의 七이 됐어요.

한자를 소리 내어 읽으면서 바르게 써 보세요!

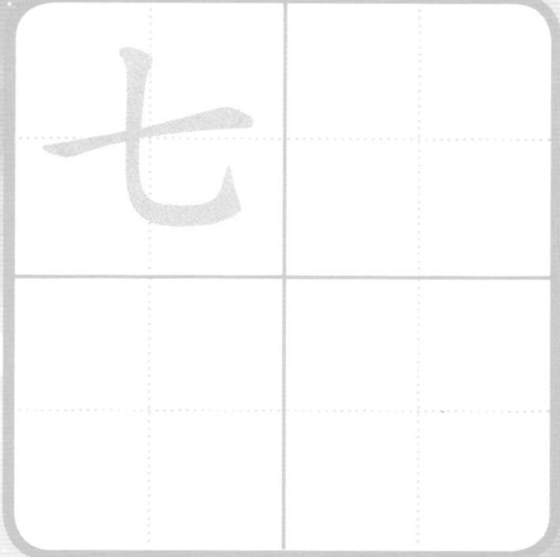

교과서 한자

七旬 칠순
일곱 칠 열흘 순

뜻: 나이 70세. 일흔 살.

"얼마 전 할머니의 칠순 잔치를 했어요."

활용 한자

七夕 칠석
일곱 칠 저녁 석

뜻: 음력 7월 7일.

"칠석은 견우와 직녀가 만나는 날이에요."

8급

# 八

## 여덟 팔

여덟을 뜻하며, 팔이라고 읽어요.
물건이 반으로 나뉘어 있는
모양을 나타내요.

한자를 소리 내어 읽으면서 바르게 써 보세요!

# 八月 팔월

여덟 팔 달 월

뜻: 한 해 열두 달 가운데 여덟 번째 달.

**"우리나라는 칠월, 팔월에 가장 더워요."**

# 八方 팔방

여덟 팔 모, 본뜰 방

뜻: 여러 방향과 방면.

**"여러 방면에 재능이 있는 사람을 팔방미인이라 불러요."**

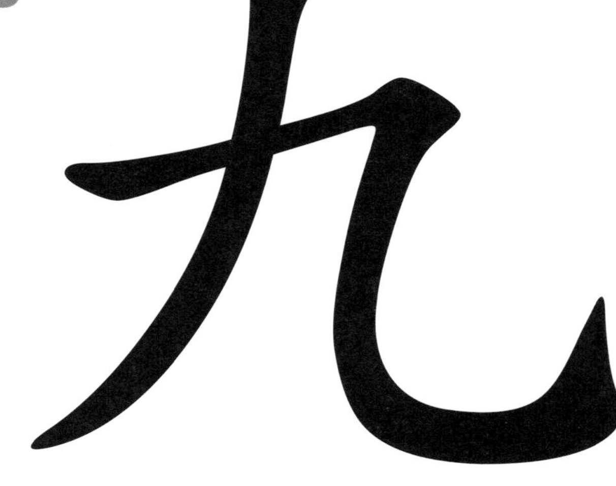

# 아홉 구

1장 수·방향

아홉을 뜻하며, 구라고 읽어요. 옛날에 九는 손부터 팔꿈치를 나타내는 한자였지만, 지금은 아홉을 뜻해요.

九 九

## 한자를 소리 내어 읽으면서 바르게 써 보세요!

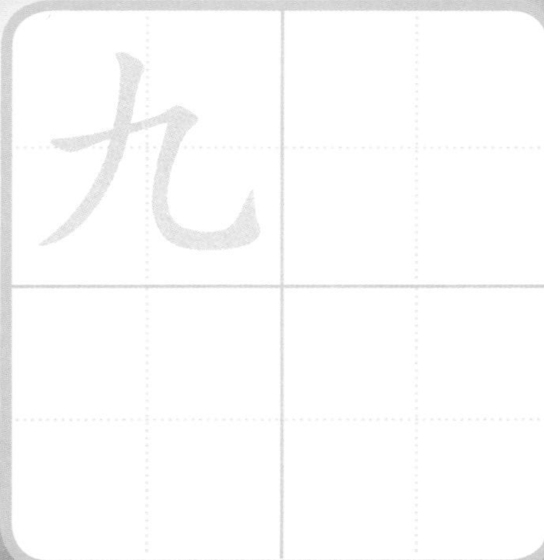

九九段 구구단

아홉 구 아홉 구 층계 단

뜻: 곱셈에 쓰는 기초 공식.

"언니는 어려운 구구단을 벌써 다 외웠어요."

九死一生

아홉 구 죽을 사 한 일 날 생

구사일생

뜻: 아홉 번 죽을 뻔하다 한 번 살아남.

"산에서 호랑이를 만났지만, 구사일생으로 살아남았어요."

8급

1장 수·방향

# 十

## 열 십

열을 뜻하며, 십이라고 읽어요.
서 있는 나무 막대기에 점 하나를 찍은 모양이에요.

## 한자를 소리 내어 읽으면서 바르게 써 보세요!

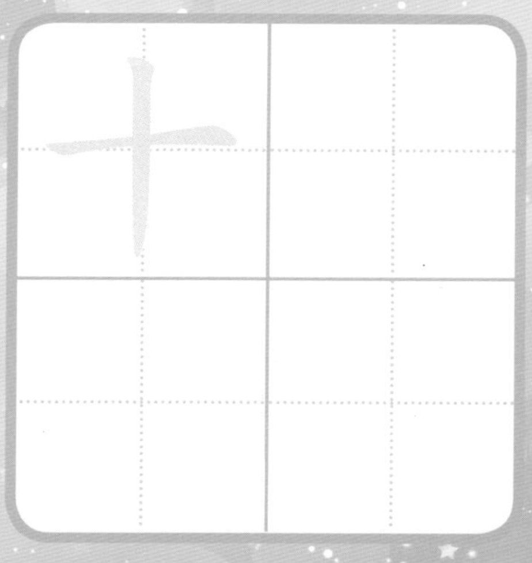

十二月 십이월

열 십 두 이 달 월

뜻: 한 해 열두 달 가운데 열두 번째인 맨 끝 달.

"십이월에는 눈이 펑펑 내려요."

### 활용 한자

十萬 십만

열 십 일만 만

뜻: 만의 열 배가 되는 수.

"귀여운 판다를 보려고 십만 명의 사람이 모였어요."

7급

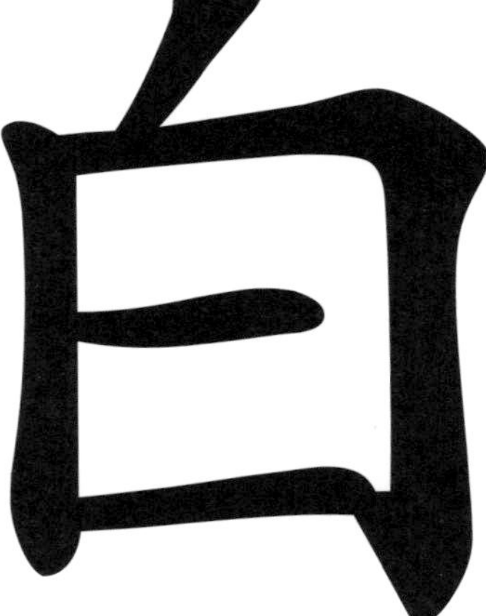

일백 **백**

1장 수·방향

일백을 뜻하며, 백이라고 읽어요.
지붕에 달린 벌집의 모양을
나타내요.

百 百 百 百 百 百

## 한자를 소리 내어 읽으면서 바르게 써 보세요!

# 百番 백번

일백 백 차례 번

뜻: 여러 번 거듭하여.

"백번 쓰러져도 다시 일어 나는 의지가 필요해요."

# 百方 백방

일백 백 모, 본뜰 방

뜻: 온갖 방법이나 방면.

"잃어버린 지갑을 찾으려고 백방으로 노력했어요."

일천 천

일천을 뜻하며, 천이라고 읽어요.
人(사람 인)에 획 하나를 그은
모양이에요.

## 한자를 소리 내어 읽으면서 바르게 써 보세요!

千

### 교과서 한자

# 千年 천년

일천 천 해 년

뜻: 오랜 세월.

"천년만년은 아주 오랜 세월을 의미해요."

### 활용 한자

# 千萬 천만

일천 천 일만 만

뜻: 만의 천 배가 되는 수.

"이 영화는 관객 수가 천만이 넘었어요."

# 萬

## 일만 만

일만을 뜻하며, 만이라고 읽어요.
처음에는 전갈을 표현하는
글자였지만, 지금은 '일만'을 뜻해요.

## 한자를 소리 내어 읽으면서 바르게 써 보세요!

**萬一** 만일

일만 만 한 일

뜻: 혹시 있을지 모르는 뜻밖의 경우.

**"여행을 갈 때는 만일을 대비해 비상 약을 챙겨야 해요."**

**萬事** 만사

일만 만 일 사

뜻: 여러 가지 일. 온갖 일.

**"어려운 일도 열심히 노력하면 만사가 *순조로워요."**

*순조롭다: 일이 예정대로 잘되어 가는 상태.

7급

# 數

## 셈 수

부수 攵
총 15획

수를 세는 것을 뜻하며, 수라고 읽어요. 조개에 실을 꿰어 수를 세는 모습을 나타내요.

1장 수·방향

한자를 소리 내어 읽으면서 바르게 써 보세요!

數

數千 수천
셈 수 일천 천

뜻: 천의 여러 배가 되는 수.

"우리나라는 수천 년이 넘는 역사를 가지고 있어요."

數學 수학
셈 수 배울 학

뜻: 수량과 도형에 대해 연구하는 학문.

"새로운 수학 공식을 배우는 일은 재미있어요."

# 적을 소

양이 적음을 뜻하며, 소라고 읽어요. 작은 돌멩이가 튀어 오르는 모양이에요.

丿 小 小 少

## 한자를 소리 내어 읽으면서 바르게 써 보세요!

### 교과서 한자

少女 소녀

적을 소 여자 녀(여)

뜻: 어린 여자아이.

"소녀는 줄넘기를 잘하기 위해서 매일 연습해요."

### 활용 한자

少年 소년

적을 소 해 년

뜻: 어린 남자아이.

"소년은 용돈을 모아서 원하던 장난감을 샀어요."

6급

만을 다

1장 수·방향

부수 夕

총 6획

양이 많음을 뜻하며, 다라고 읽어요.
고깃덩이가 쌓여 있는 모양을
나타내요.

多 多 多 多 多 多

## 한자를 소리 내어 읽으면서 바르게 써 보세요!

### 활용 한자

# 多讀 다독

많을 다 읽을 독

뜻: 많이 읽음.

**"책을 다독하면 상식이 풍부해져요."**

### 활용 한자

# 多情 다정

많을 다 뜻 정

뜻: 정이 많음.

**"선생님은 다정하게 우리를 챙겨 주세요."**

7급



# 前

앞 전

부수 刂
총 9획

앞을 뜻하며, 전이라고 읽어요.
묶여 있던 배의 줄을 잘라 앞으로
나아가게 하는 모습을 나타내요.

前 前 前 前 前 前 前 前 前

前

한자를 소리 내어 읽으면서 바르게 써 보세요!

前月 전월

앞 전 달 월

뜻: 이달의 바로 앞의 달.

"동생은 전월보다 키가 조금 더 컸어요."

前後 전후

앞 전 뒤 후

뜻: 앞과 뒤.

"신나는 음악에 맞춰 몸을 전후로 흔들어요."

뒤 후

뒤를 뜻하며, 후라고 읽어요.
발에 족쇄가 채워져 걸음이
뒤처지는 모습을 나타내요.

後

한자를 소리 내어 읽으면서 바르게 써 보세요!

### 교과서 한자

後退 후퇴

뒤 후 물러날 퇴

뜻: 뒤로 물러남.

"동생과의 다툼이 길어져서 작전상 후퇴하기로 했어요."

### 활용 한자

後記 후기

뒤 후 기록할 기

뜻: 글의 본문 끝에 덧붙여 씀.

"감동적인 책을 읽고 친구에게 책의 후기를 적어 주었어요."

왼 좌

왼쪽을 뜻하며, 좌라고 읽어요.
장인이 왼손에 도구를 쥔 모습을
나타내요.

一 ナ ナ 左 左

## 한자를 소리 내어 읽으면서 바르게 써 보세요!

### 교과서 한자

**左回轉** 좌회전

왼 좌 돌아올 회 구를 전

뜻: 차 따위가 왼쪽으로 돎.

"버스가 신호를 받고 좌회전을 했어요."

### 활용 한자

**左手** 좌수

왼 좌 손 수

뜻: 왼쪽 손.

"동생은 좌수로도 글씨를 예쁘게 잘 써요."

# 오른쪽 우

오른쪽을 뜻하며, 우라고 읽어요.
주로 밥을 먹을 때 사용하는
오른손을 나타내요.

右 右 右 右 右

한자를 소리 내어 읽으면서 바르게 써 보세요!

右

교과서 한자

# 右側 우측

오른쪽 우 곁 측

뜻: 북쪽을 향하였을 때 동쪽과 같은 쪽.

"칠판의 우측 *상단에는 낙서가 있어요."

활용 한자

# 左右 좌우

왼 좌 오른쪽 우

뜻: 왼쪽과 오른쪽.

"횡단보도를 건널 때는 좌우를 잘 살펴요."

*상단: 위쪽의 끝부분.

8급

1장 수·방향

# 가운데 중

가운데를 뜻하며, 중이라고 읽어요.
네모난 울타리 한가운데 깃발을
꽂은 모양이에요.

한자를 소리 내어 읽으면서 바르게 써 보세요!

中間 중간

가운데 중 사이 간

뜻: 두 사물의 사이.

**"책의 중간에 책갈피가 끼여 있어요."**

中國 중국

가운데 중 나라 국

뜻: 아시아 동부에 있는 나라.

**"중국의 수도는 베이징이에요."**

위를 뜻하며, 상이라고 읽어요.
上은 기준의 위를 표현한
글자예요.

丨 ⺊ 上

한자를 소리 내어 읽으면서 바르게 써 보세요!

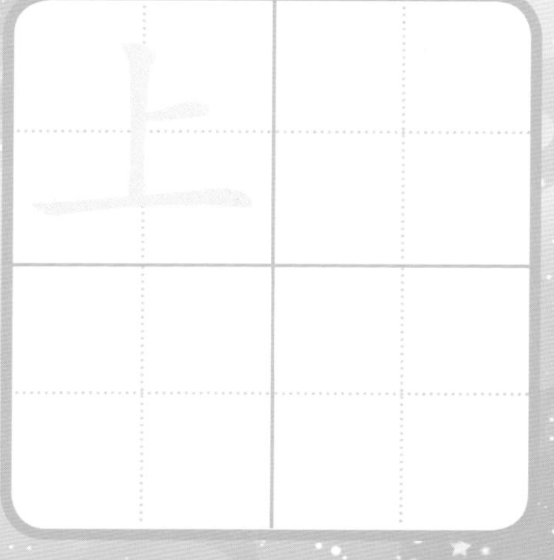

교과서 한자

上半身 상반신

윗 상 반 반 몸 신

뜻: 사람의 몸에서 허리 위의 부분.

**"졸업 사진에는 우리의 상반신만 나왔어요."**

활용 한자

上空 상공

윗 상 빌 공

뜻: 높은 하늘.

**"새는 빠른 속도로 상공을 향해 날아갔어요."**

7급

# 下

## 아래 하

아래를 뜻하며, 하라고 읽어요.
下는 기준의 아래를 표현한
글자예요.

一 丅 下

한자를 소리 내어 읽으면서 바르게 써 보세요!

# 下降 하강

아래 하 내릴 강

뜻: 높은 곳에서 낮은 쪽으로 내려옴.

**"비행기가 착륙을 위해서 하강해요."**

# 下校 하교

아래 하 학교 교

뜻: 공부를 끝내고 학교에서 집으로 돌아옴.

**"하교하고 집에 오면 손부터 씻어요."**

# 안 내

안을 뜻하며, 내라고 읽어요.
옛날 전통 가옥의 안쪽을
나타내요.

한자를 소리 내어 읽으면서 바르게 써 보세요!

內

室內靴 실내화

집 실 안 내 신 화

뜻: 건물 안에서만 신는 신.

"교실에서는 실내화로 갈아 신어요."

國內 국내

나라 국 안 내

뜻: 나라의 안.

"여름 방학에 가족과 국내 여행을 가기로 했어요."

8급

1장 수·방향

# 外

## 바깥 외

바깥을 뜻하며, 외라고 읽어요.
저녁(夕)에 점(卜)을 치는 모습을
나타내요.

丿 ク 夕 夕 外

한자를 소리 내어 읽으면서 바르게 써 보세요!

外部 외부

바깥 외 떼 부

뜻: 물체나 일정한 범위의 바깥쪽.

"우리나라의 전통 가옥은 화장실이 외부에 있어요."

활용 한자

內外 내외

안 내 바깥 외

뜻: 안과 밖.

"축구 경기를 보기 위해 경기장 내외로 관중들이 모였어요."

# 2장

# 파릇파릇 자연 표현 한자

8급

# 山

## 메 산

산을 뜻하며, 산이라고 읽어요.
우뚝 솟은 세 개의 산봉우리
모양을 나타내요.

山 山 山

한자를 소리 내어 읽으면서 바르게 써 보세요!

山村 산촌

메 산 마을 촌

뜻: 산속에 있는 마을.

"우리나라 산촌의 풍경은 아름다워요."

山林 산림

메 산 수풀 림(임)

뜻: 산과 숲.

"소중한 산림을 보호해야 해요."

7급

# 天

## 하늘 천

하늘을 뜻하며, 천이라고 읽어요.
大(큰 대)와 一(한 일)이
합쳐진 모양이에요.

一 二 天 天

한자를 소리 내어 읽으면서 바르게 써 보세요!

天文 천문

하늘 천 글월 문

뜻: 우주에 관한 온갖 현상을 연구하는 학문.

"신비한 천문으로 우주를 배워요."

활용 한자

天下 천하

하늘 천 아래 하

뜻: 하늘 아래 온 세상.

"한 나라 전체를 천하라고 부르기도 해요."

7급

# 地

땅 지

땅을 뜻하며, 지라고 읽어요.
흙과 물 또는 흙과 뱀의 모양을
나타내요.

地 地 地 地 地 地

## 한자를 소리 내어 읽으면서 바르게 써 보세요!

地圖 지도

땅 지 그림 도

뜻: 지구 표면을 일정한 비율로 줄여, 약속된 기호로 나타낸 그림.

**"지도만 있으면 혼자서도 길을 찾을 수 있어요."**

地下 지하

땅 지 아래 하

뜻: 땅의 속.

**"멋있는 지하 동굴을 구경해요."**

8급

# 土

## 흙 토

흙을 뜻하며, 토라고 읽어요.
땅에서 자란 파릇파릇한
새싹 모양을 나타내요.

한자를 소리 내어 읽으면서 바르게 써 보세요!

# 土窟 토굴

흙 토 굴 굴

뜻: 땅속으로 뚫은 굴이나 구덩이.

"우리 동네에는 커다란 토굴이 있어요."

# 土壤 토양

흙 토 흙덩이 양

뜻: 모래와 점토가 알맞게 섞인 흙.

"토양이 좋아야 식물이 무럭무럭 잘 자라요."

## 풀 초

풀을 뜻하며, 초라고 읽어요.
풀이 돋아나 있는 모양을
나타내요.

草

## 한자를 소리 내어 읽으면서 바르게 써 보세요!

### 교과서 한자

**草原** 초원

풀 초 언덕 원

뜻: 풀이 나 있는 들판.

**"말이 드넓은 초원을 달려요."**

### 활용 한자

**草食** 초식

풀 초 밥 식

뜻: 주로 풀이나 채소만 먹고 삶.

**"눈이 맑은 사슴은 초식 동물이에요."**

# 나무 목

나무를 뜻하며, 목이라고 읽어요.
나무가 뿌리를 내리고 가지가
뻗어 나가는 모양을 나타내요.

一 十 才 木

한자를 소리 내어 읽으면서 바르게 써 보세요!

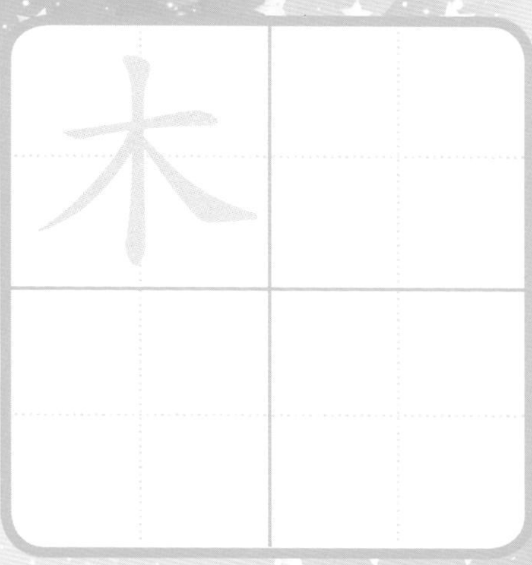

木材 목재

나무 목 재목 재

뜻: 여러 가지로 쓰이는 나무로 된 재료.

"목재로 만든 책상은 튼튼해요."

木工 목공

나무 목 장인 공

뜻: 나무를 다루어 물건을 만드는 일.

"목공이 만든 나무 사다리는 아주 멋있어요."

7급

# 林

## 수풀 림(임)

수풀을 뜻하며, 림 또는 임이라고 읽어요. 나무 두 그루가 함께 있는 모양을 나타내요.

一 十 才 木 木 朩 村 林

## 한자를 소리 내어 읽으면서 바르게 써 보세요!

# 森林 삼림

수풀 삼 수풀 림(임)

뜻: 나무가 많이 우거진 숲.

"삼림을 보호하기 위해서 무분별한 *벌목을 막아야 해요."

*벌목: 숲의 나무를 베다.

# 密林 밀림

빽빽할 밀 수풀 림(임)

뜻: 큰 나무가 빽빽하게 있는 깊은 숲.

"열대 밀림은 기온이 높고 비가 많이 내려요."

7급

2장 자연

# 花

## 꽃 화

꽃을 뜻하며, 화라고 읽어요.
식물이 땅속에 뿌리를 내리고
꽃을 피운 모양이에요.

花 花 花 花 花 花 花 花

## 한자를 소리 내어 읽으면서 바르게 써 보세요!

### 교과서 한자

花壇 화단
꽃 화 단 단

뜻: 꽃을 심기 위해서 꾸며 놓은 꽃밭.

"화단을 열심히 가꾸면 꽃이 예쁘게 피어요."

### 활용 한자

花草 화초
꽃 화 풀 초

뜻: 꽃이 피는 풀과 나무.

"할머니의 취미는 화초를 키우는 거예요."

# 海

## 바다 해

바다를 뜻하며, 해라고 읽어요. 물 옆에 어머니가 있는 모양으로, 어머니 마음처럼 넓은 바다를 표현했어요.

海 海 海 海 海 海 海 海

海 海

한자를 소리 내어 읽으면서 바르게 써 보세요!

海水 해수

바다 해 물 수

뜻: 바다에 있는 짠물.

"해수를 통해 새하얀 소금을 얻을 수 있어요."

海女 해녀

바다 해 여자 녀(여)

뜻: 바닷속에 들어가 해산물을 따는 것을 직업으로 하는 여자.

"해녀가 물속에서 싱싱한 전복을 따고 있어요."

2장 자연

# 川

내 천

강을 뜻하며, 천이라고 읽어요.
물이 흐르는 모양이에요.

丿 川 川

한자를 소리 내어 읽으면서 바르게 써 보세요!

교과서 한자

河川 하천
물 하 내 천

뜻: 강과 시내.

"하천 주위는 바람이 아주 시원해요."

활용 한자

小川 소천
작을 소 내 천

뜻: 자그마한 내.

"소천에는 다양한 종류의 물고기가 살아요."

7급

2장 자연

# 江

강 **강**

강을 뜻하며, 강이라고 읽어요.
강 옆에 둑을 쌓아 둔 모양을
나타내요.

江 江 江 江 江 江

한자를 소리 내어 읽으면서 바르게 써 보세요!

**교과서 한자**

江邊 강변

강 강 가 변

뜻: 강의 가장자리에 잇닿아 있는 땅.

**"우리 집은 강변 근처에 있어요."**

**활용 한자**

江山 강산

강 강 메 산

뜻: 강과 산.

**"강산이 변할 만큼 오랜 시간이 지났어요."**

# 水

## 물 수

물을 뜻하며, 수라고 읽어요.
시냇물에 물방울이 튀어 오르는
모양이에요.

水 水 水 水

## 한자를 소리 내어 읽으면서 바르게 써 보세요!

洪水 홍수

넓을 홍 물 수

뜻: 비가 많이 와서 강이나 개천에 불어난 물.

**"홍수에 대비하여 댐을 건설해요."**

水上 수상

물 수 위 상

뜻: 물의 위.

**"여름에는 수상 스포츠를 즐겨요."**

# 火

불 화

불을 뜻하며, 화라고 읽어요.
불길이 높게 솟아오르는
모양이에요.

火 火 火 火

한자를 소리 내어 읽으면서 바르게 써 보세요!

消火器 소화기

사라질 소 불 화 그릇 기

뜻: 불이 났을 때, 불을 끄는 기구.

**"화재에 대비하여 소화기를 준비해야 해요."**

火山 화산

불 화 메 산

뜻: 땅속 가스와 마그마가 밖으로 터져 나와 만들어진 산.

**"우리나라 대표 화산은 한라산이에요."**

7급

# 電

## 번개 전

2장 자연

번개를 뜻하며, 전이라고 읽어요.
하늘에서 번개가 내리치는
모양을 나타내요.

電 電 電 電 電 電 電 電

電 電 電 電 電

한자를 소리 내어 읽으면서 바르게 써 보세요!

電

電氣 전기

번개 전 기운 기

뜻: 물질 안에 있는 전자의 이동으로 생기는 에너지의 형태.

"전기를 이용해서 전등을 켜요."

電動 전동

번개 전 움직일 동

뜻: 전기의 힘으로 움직이는 것.

"전동 킥보드를 탈 때는 머리를 보호하기 위해 헬멧을 써요."

7급

빛 색

2장 자연

빛깔을 뜻하며, 색이라고 읽어요.
사람이 허리를 굽힌 모습으로, 허리가
튼튼해야 얼굴빛이 좋다는 뜻이에요.

色 色 色 色 色 色

한자를 소리 내어 읽으면서 바르게 써 보세요!

色鉛筆 색연필

빛 색 납 연 붓 필

뜻: 빛깔이 있는 심을 넣어 만든 연필.

**"알록달록한 색연필로 그림을 그려요."**

色紙 색지

빛 색 종이 지

뜻: 여러 가지 색깔로 물들인 종이.

**"색지로 종이접기 놀이를 해요."**

# 青

## 푸를 청

푸른색을 뜻하며, 청이라고 읽어요.
우물 옆에 새싹이 자라나는
모양을 나타내요.

青 青 青 青 青 青 青 青

한자를 소리 내어 읽으면서 바르게 써 보세요!

青少年 청소년

푸를 청 적을 소 해 년

뜻: 청년과 소년을 아우르는 말.

"청소년은 미래를 이끌어 갈 주인공이에요."

青春 청춘

푸를 청 봄 춘

뜻: 젊은 나이 또는 그런 시절.

"할아버지는 종종 청춘 시절의 이야기를 해 주세요."

# 흰 백

흰색을 뜻하며, 백이라고 읽어요.
촛불이 밝게 빛나는 모양이에요.

## 한자를 소리 내어 읽으면서 바르게 써 보세요!

### 교과서 한자

**白鳥** 백조

흰 백 새 조

뜻: 온몸이 흰색인 물새.

"호수에 가면 아름다운 백조를 볼 수 있어요."

### 활용 한자

**白紙** 백지

흰 백 종이 지

뜻: 아무것도 적지 않은 빈 종이.

"동생과 함께 백지에 부모님의 얼굴을 그려요."

# 春

## 봄 춘

봄을 뜻하며, 춘이라고 읽어요.
따스한 햇살을 받아 나무와 풀이
자라는 모양이에요.

春 春 春 春 春 春 春 春

春

한자를 소리 내어 읽으면서 바르게 써 보세요!

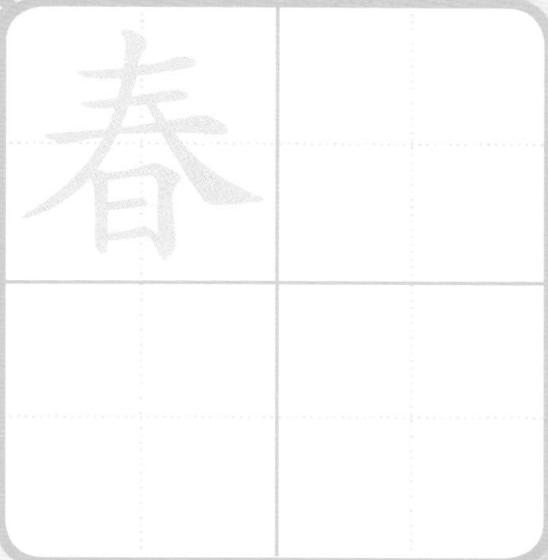

春秋 춘추

봄 춘 가을 추

뜻: 봄과 가을.

"우리 가족은 춘추에 한 번씩 여행을 가요."

활용 한자

春三月 춘삼월

봄 춘 석 삼 달 월

뜻: 봄 경치가 한창 좋은 음력 3월.

"춘삼월에는 꽃이 활짝 피어요."

# 여름 하

여름을 뜻하며, 하라고 읽어요.
머리가 무거워질 만큼
더운 여름을 나타내요.

一 丆 丁 丙 百 百 頁 夏 夏 夏

한자를 소리 내어 읽으면서 바르게 써 보세요!

夏

교과서 한자

夏服 하복

여름 하 옷 복

뜻: 여름철에 입는 옷.

"여름에는 천이 얇고 시원한 하복을 입어요."

활용 한자

春夏秋冬

봄 춘 여름 하 가을 추 겨울 동

춘하추동

뜻: 봄, 여름, 가을, 겨울의 네 계절.

"자연은 춘하추동에 따라 풍경이 달라져요."

7급

# 秋

## 가을 추

2장 자연

가을을 뜻하며, 추라고 읽어요.
가을에 곡식이 노랗게 익어 가는
모습을 나타내요.

秋

秋

한자를 소리 내어 읽으면서 바르게 써 보세요!

秋收 추수

가을 추 거둘 수

뜻: 가을에 익은 곡식을 거두어들임.

**"할아버지를 도와 맛있게 익은 곡식을 추수했어요."**

秋夕 추석

가을 추 저녁 석

뜻: 우리나라 명절의 하나. 음력 8월 15일.

**"추석에는 친척들과 함께 송편을 빚어요."**

2장 자연

# 冬 겨울 동

겨울을 뜻하며, 동이라고 읽어요.
끈의 양쪽 끝을 묶어 놓은 모양을
나타내요.

## 한자를 소리 내어 읽으면서 바르게 써 보세요!

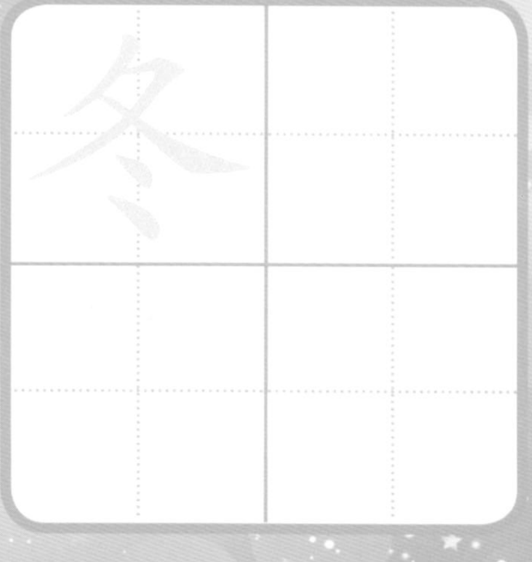

### 교과서 한자

冬季 동계

겨울 동 계절 계

뜻: 겨울의 시기.

"우리나라 선수들이 동계 올림픽에서 금메달을 수상했어요."

### 활용 한자

冬衣 동의

겨울 동 옷 의

뜻: 겨울철에 입는 옷.

"겨울에는 몸을 따뜻하게 하는 동의를 입어야 해요."

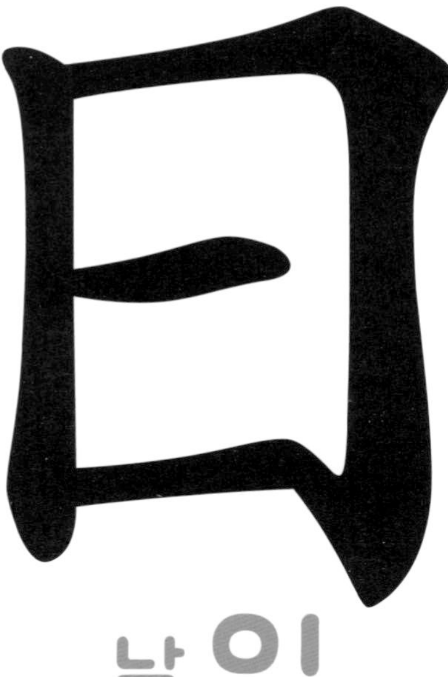

날 일

어떤 하루나 시간을 뜻하며,
일이라고 읽어요. 해와 해의 주변으로
퍼진 빛의 모양을 나타내요.

## 한자를 소리 내어 읽으면서 바르게 써 보세요!

日課 일과

날 일 공부할 과

뜻: 날마다 규칙적으로 하는 일정한 일.

**"하교 후에 줄넘기를 하는 것이 나의 일과예요."**

日記 일기

날 일 기록할 기

뜻: 매일 자신이 겪은 일, 생각 등을 적은 글.

**"오늘 친구와 빵을 만든 일을 그림일기에 적었어요."**

매양 매

하루하루의 날을 뜻하며, 매라고 읽어요. 한결같은 어머니의 모습을 나타내요.

每 每 每 每 每 每 每

한자를 소리 내어 읽으면서 바르게 써 보세요!

**교과서 한자**

# 每日 매일

매양 매 날 일

뜻: 날마다. 하루하루의 모든 날.

**"오빠는 매일 책을 한 권씩 읽어요."**

**활용 한자**

# 每月 매월

매양 매 달 월

뜻: 각각의 모든 달.

**"우리 반은 매월 첫날에 대청소를 해요."**

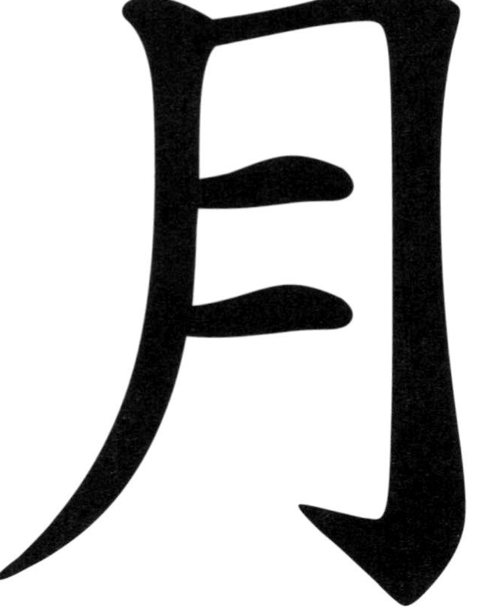

달 월

하늘의 달이나 한 달의 시간을
뜻하며, 월이라고 읽어요.
초승달 모양이에요.

月 月 月 月

한자를 소리 내어 읽으면서 바르게 써 보세요!

歲月 세월

해 세 달 월

뜻: 흘러가는 시간.

"세월이 많이 흘러서 내 키가 10cm나 자랐어요."

月曜日 월요일

달 월 빛날 요 날 일

뜻: 한 주가 시작하는 기준이 되는 날.

"월요일부터는 다시 학교에 가야 해요."

해 년

한 해를 뜻하며, 년이라고 읽어요.
추수가 끝나고 농부가 볏단을
등에 지고 가는 모습을 나타내요.

## 한자를 소리 내어 읽으면서 바르게 써 보세요!

**學年** 학년

배울 학 해 년

뜻: 일 년간의 학습 과정의 단위.

"학년이 바뀌면 새로운 친구들을 만나요."

### 활용 한자

**來年** 내년

올 래(내) 해 년

뜻: 올해의 다음 해.

"내년부터는 태권도를 배우기로 했어요."

5급

2장 자연

소 우

부수 牛
총 4획

소를 뜻하며, 우라고 읽어요.
뿔이 달린 소의 모양이에요.

牛 牛 牛 牛

한자를 소리 내어 읽으면서 바르게 써 보세요!

牛乳 우유

소 우　젖 유

뜻: 소의 젖.

"우유에는 칼슘이 풍부하게 들어가서 뼈를 튼튼하게 해 줘요."

활용 한자

韓牛 한우

한국, 나라 한　소 우

뜻: 소의 한 품종.

"옛날에 한우는 주로 농사일을 도왔어요."

5급

# 馬

말 마

부수 馬

총 10획

말을 뜻하며, 마라고 읽어요.
말의 네 다리와 갈기 모양을
나타내요.

馬 馬 馬 馬 馬 馬 馬 馬

馬 馬

한자를 소리 내어 읽으면서 바르게 써 보세요!

馬車 마 차

말 마 수레 거/차

뜻: 말이 끄는 수레.

"옛날에 마차는 중요한 *이동 수단이었어요."

활용 한자

木馬 목 마

나무 목 말 마

뜻: 나무를 깎아 말의 모양으로 만든 물건.

"동생은 놀이공원에서 회전목마를 제일 좋아해요."

*이동 수단: 사람이 오고 가거나 짐을 옮기는 데 이용되는 수단.

양 양

양을 뜻하며, 양이라고 읽어요.
양의 모양을 나타내요.

한자를 소리 내어 읽으면서 바르게 써 보세요!

山羊 산양

메 산 양 양

뜻: 솟과에 속한 포유류.

"산양은 우리나라의 천연기념물이에요."

羊毛 양모

양 양 터럭 모

뜻: 양의 털.

"양모는 부드럽고 푹신푹신해요."

4급



# 犬

개 견

개를 뜻하며, 견이라고 읽어요.
개의 모양을 나타내요.

一 ナ 大 犬

한자를 소리 내어 읽으면서 바르게 써 보세요!

犬齒 견치

개 견 이 치

뜻: 앞니와 어금니 사이의 날카로운 이.

"견치는 다른 말로 송곳니라고 불러요."

成犬 성견

이룰 성 개 견

뜻: 다 자란 개.

"강아지가 성장해서 어느새 성견이 되었어요."

# 물고기 어

물고기를 뜻하며, 어라고 읽어요.
물속에 사는 물고기의 모양이에요.

한자를 소리 내어 읽으면서 바르게 써 보세요!

활용 한자

魚缸 어항

물고기 어 항아리 항

뜻: 물고기를 기르는 데 쓰는 항아리.

"어항 속 금붕어의 지느러미 색깔이 아주 화려해요."

활용 한자

魚種 어종

물고기 어 씨 종

뜻: 물고기의 종류.

"바닷속에는 다양한 어종이 헤엄치고 있어요."

3장

# 알쏭달쏭 인체 표현 한자

# 人

## 사람 인

사람을 뜻하며, 인이라고 읽어요.
두 사람이 서로 기대선
모습이에요.

한자를 소리 내어 읽으면서 바르게 써 보세요!

人事 인사

사람 인 일 사

뜻: 만나거나 헤어질 때에 예를 표함.

**"어른을 만나면 예의 바르게 인사해요."**

人口 인구

사람 인 입 구

뜻: 일정한 지역에 사는 사람의 수.

**"우리나라 인구는 5,000만 명이 넘어요."**

6급

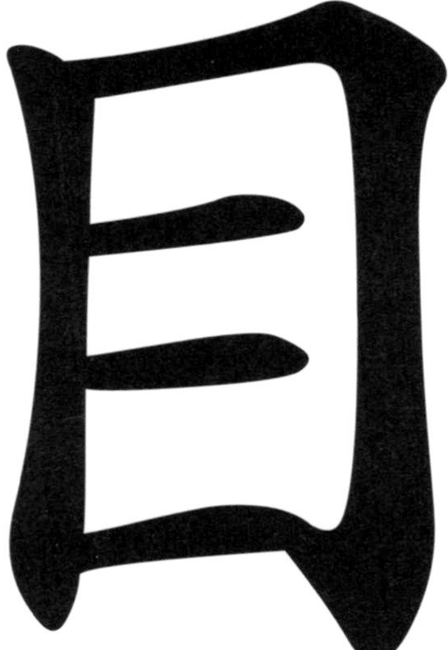

3장 인체

눈 **목**

신체의 눈을 뜻하며, 목이라고 읽어요. 눈과 눈 속의 눈동자 모양이에요.

한자를 소리 내어 읽으면서 바르게 써 보세요!

題目 제목

제목 제 눈 목

뜻: 작품이나 강연 등에서 그 내용을 대표하기 위해 붙이는 이름.

"마음에 드는 제목의 책을 골라서 읽어요."

활용 한자

目標 목표

눈 목 표할 표

뜻: 목적에 도달하기 위해 실제적 대상으로 삼는 것.

"올해 목표는 한자 8급 자격증을 따는 것이에요."

7급

# 口

입 구

입을 뜻하며, 구라고 읽어요.
입을 벌린 모습이에요.

한자를 소리 내어 읽으면서 바르게 써 보세요!

口演童話

입 구 　 펼 연 　 아이 동 　 말씀 화

구연동화

뜻: 입으로 실감나게 들려주는 동화.

"선생님이 들려주는 구연동화는 정말 재미있어요."

활용 한자

入口 입구

들 입 　 입 구

뜻: 들어가는 통로.

"아파트 입구에서 친구와 만나기로 약속했어요."

# 손 수

손과 손재주를 뜻하며, 수라고 읽어요. 사람의 손 모양을 나타내요.

手 手 手 手

한자를 소리 내어 읽으면서 바르게 써 보세요!

교과서 한자

手記 수기

손 수 기록할 기

뜻: 글이나 글씨를 자기 손으로 직접 씀.

"방학 일기는 수기로 써요."

활용 한자

手足 수족

손 수 발 족

뜻: 손과 발.

"수족이 차가울 땐 장갑과 양말을 챙겨요."

7급

# 足

## 발 족

발을 뜻하며, 족이라고 읽어요.
무릎을 구부린 발의 모양이에요.

한자를 소리 내어 읽으면서 바르게 써 보세요!

교과서 한자

足球 족구

발 족　공 구

뜻: 발로 공을 차서 승부를 겨루는 경기.

"우리 형은 족구를 정말 잘해요."

활용 한자

四足 사족

넉 사　발 족

뜻: 네발 가진 짐승.

"코가 길고 몸집이 큰 코끼리는 발이 네 개인 사족동물이에요."

6급

# 頭

머리 두

머리를 뜻하며, 두라고 읽어요.
그릇에 담긴 사람 머리 모양으로 머리가
제일 위에 있는 모습을 나타내요.

頭 頭 頭 頭 頭 頭 頭 頭

頭 頭 頭 頭 頭 頭 頭 頭

한자를 소리 내어 읽으면서 바르게 써 보세요!

# 頭角 두각

머리 두 뿔 각

뜻: 재능이나 지식이 뛰어남을 비유적으로 이르는 말.

"언니는 국어 공부에 남다른 두각을 나타내요."

# 饅頭 만두

만두 만 머리 두

뜻: 밀가루 따위를 반죽한 것에 소를 넣고 빚은 음식.

"오늘 급식에는 김치만두가 나왔어요."

3장 인체

# 낯, 얼굴 면

생김새를 뜻하며, 면이라고 읽어요.
사람의 머리와 눈 모양으로
얼굴이나 표정을 나타내요.

한자를 소리 내어 읽으면서 바르게 써 보세요!

平面 평면

평평할 평 낯, 얼굴 면

뜻: 평평한 표면.

"울퉁불퉁한 나무 표면을 깎아 내면 평면이 돼요."

假面 가면

거짓 가 낯, 얼굴 면

뜻: 얼굴을 감추기 위해 종이, 나무 등으로 만든 물건.

"하회탈은 우리나라의 전통 가면이에요."

마음 심

마음을 뜻하며, 심이라고 읽어요.
심장의 모양이에요.

心 心 心 心

## 한자를 소리 내어 읽으면서 바르게 써 보세요!

# 良心 양심

어질 량(양) 마음 심

뜻: 어떤 행위에 대하여 옳고 그름을 구별하는 도덕적 의식.

**"언제나 *양심적으로 행동해야 스스로 부끄럽지 않아요."**

*양심적: 양심을 바르게 지닌 것.

# 心性 심성

마음 심 성품 성

뜻: 타고난 마음씨.

**"바닥에서 쓰레기를 줍고 선생님께 심성이 바르다는 칭찬을 들었어요."**

# 4장

# 와글와글 인물 표현 한자

# 어머니 모

어머니를 뜻하며, 모라고 읽어요.
아기에게 젖을 물리는 어머니의
모습을 나타내요.

한자를 소리 내어 읽으면서 바르게 써 보세요!

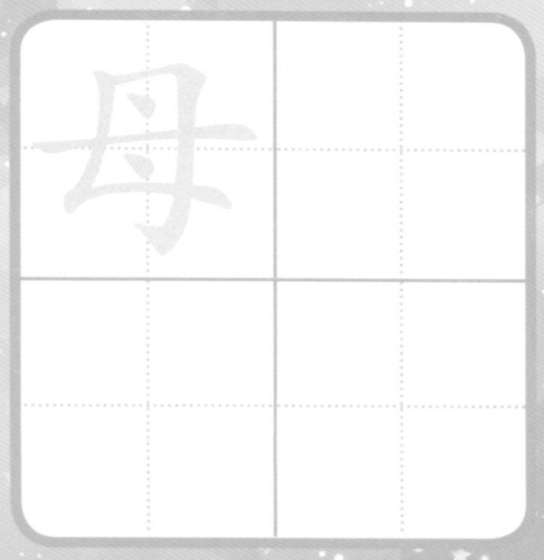

母女 모녀

어머니 모 여자 녀(여)

뜻: 어머니와 딸.

"우리 모녀는 사이가 아주 좋아요."

母國 모국

어머니 모 나라 국

뜻: 자기가 태어난 나라.

"명절에는 모국으로 돌아오는 사람이 많아요."

# 아버지 부

아버지를 뜻하며, 부라고 읽어요.
회초리를 들고 있는 어른의 모습을
나타내요.

父 父 父 父

한자를 소리 내어 읽으면서 바르게 써 보세요!

父母 부모

아버지 부 어머니 모

뜻: 아버지와 어머니.

**"우리 남매는 부모님의 따듯한 보살핌 속에서 자랐어요."**

父子 부자

아버지 부 아들 자

뜻: 아버지와 아들.

**"우리 부자는 오뚝한 코가 꼭 닮았어요."**

여자 녀(여)

여자를 뜻하며, 녀 또는 여라고 읽어요. 여자가 손을 모으고 앉아 있는 모습이에요.

女 女 女

한자를 소리 내어 읽으면서 바르게 써 보세요!

女兒 여아

여자 녀(여) 아이 아

뜻: 여자아이.

"우리 반에는 남아보다 여아의 수가 더 많아요."

父女 부녀

아버지 부 여자 녀(여)

뜻: 아버지와 딸.

"아버지와 여동생은 *부녀지간이에요."

*부녀지간: 아버지와 딸의 관계.

# 사내 남

남자를 뜻하며, 남이라고 읽어요.
밭을 매는 쟁기의 모양으로, 농사짓던
남자를 나타내요.

男 男 男 男 男 男 男

## 한자를 소리 내어 읽으면서 바르게 써 보세요!

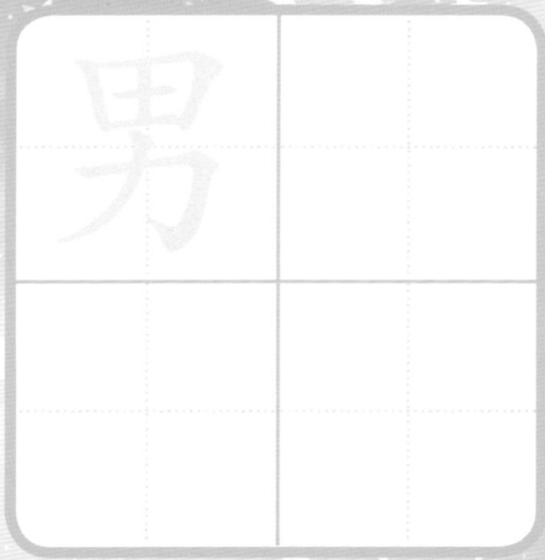

男兒 남아

사내 남 아이 아

뜻: 남자아이.

"어제 태어난 우리 동생은 남아예요."

男女 남녀

사내 남 여자 녀(여)

뜻: 남자와 여자.

"친구들과 남녀 상관없이 사이좋게 놀아야 해요."

8급

4장 인물

# 아우 제, 기울어질 퇴

아우를 뜻할 때는 제라고 읽고, 기울어짐을 뜻할 때는 퇴라고 읽어요. 나무토막에 줄을 묶은 모양으로 나이 어린 사람을 나타내요.

弟 弟 弟 弟 弟 弟 弟

한자를 소리 내어 읽으면서 바르게 써 보세요!

師弟 사제

스승 사 아우 제

뜻: 선생님과 제자.

"우리 사제 관계는 끈끈해요."

弟妹 제매

아우 제 누이 매

뜻: 남동생과 여동생을 아울러 이르는 말.

"우리 집 제매는 말썽꾸러기예요."

8급

형 **형**

형을 뜻하며, 형이라고 읽어요.
하늘을 향해 입을 크게 벌린
*연장자의 모습이에요.

*연장자: 나이가 많은 사람.

## 한자를 소리 내어 읽으면서 바르게 써 보세요!

교과서 한자

# 兄弟姉妹

형 형 아우 제 손윗누이 자 누이 매

형제자매

뜻: 형제와 자매.

"우리 형제자매는 모두 좋아하는 음식이 달라요."

활용 한자

# 兄夫 형부

형 형 지아비 부

뜻: 언니의 남편.

"언니와 형부는 항상 사이가 좋아요."

# 老

## 늙을 로(노)

늙음을 뜻하며, 로 또는 노라고 읽어요. 노인이 지팡이를 짚고 있는 모습이에요.

老 老 老 老 老 老

## 한자를 소리 내어 읽으면서 바르게 써 보세요!

# 老少 노소

늙을 로(노) 적을 소

뜻: 늙은이와 젊은이.

**"남녀노소 할 것 없이 모두 노래 듣는 것을 좋아해요."**

# 老人 노인

늙을 로(노) 사람 인

뜻: 나이가 들어 늙은 사람.

**"우리는 노인을 공경하고 배려해야 해요."**

8급

4장 인물

# 長

## 길, 어른 장

길다 또는 어른을 뜻하며, 장이라고 읽어요. 긴 머리카락을 휘날리는 할아버지의 모습을 나타내요.

長 長 長 長 長 長 長 長

한자를 소리 내어 읽으면서 바르게 써 보세요!

成長 성장

이룰 성 길, 어른 장

뜻: 사람이나 동식물 등이 자라서 점점 커짐.

**"방학 동안 강낭콩 씨앗이 성장해서 새싹을 티워 냈어요."**

長男 장남

길, 어른 장 사내 남

뜻: 집안에서 가장 큰아들.

**"첫째 아들인 형은 장남, 둘째 아들인 나는 차남이에요."**

# 이름 명

이름을 뜻하며, 명이라고 읽어요.
한밤중에 입을 벌린 모습으로, 어두운 밤에
누군가의 이름을 부르는 모습이에요.

한자를 소리 내어 읽으면서 바르게 써 보세요!

**교과서 한자**

# 名札 명찰

이름 명 편지 찰

뜻: 이름, 소속 등을 적어 달고 다니는 표.

**"형은 중학교에 입학하고 새 교복에 명찰을 달았어요."**

**활용 한자**

# 名人 명인

이름 명 사람 인

뜻: 어떤 분야에서 뛰어나 유명한 사람.

**"우리 동네는 명인이 만든 도자기가 유명해요."**

7급

# 姓

## 성씨 성

부수 女

총 8획

사람의 성씨를 뜻하며, 성이라고 읽어요. 새싹을 지켜보는 여자의 모습을 나타내요.

〈 女 女 女' 女ᅩ 女ᅳ 姓 姓

한자를 소리 내어 읽으면서 바르게 써 보세요!

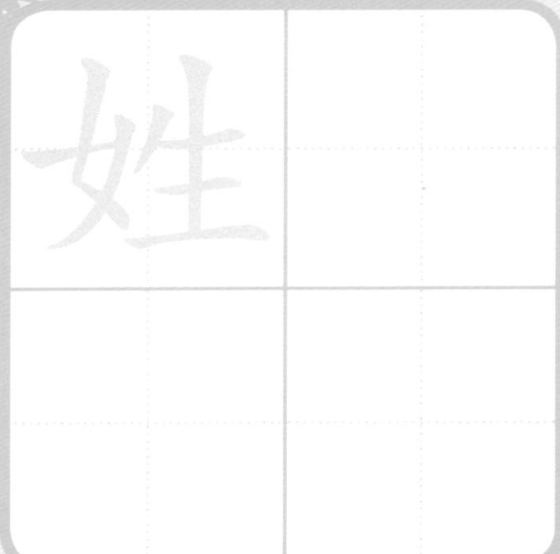

교과서 한자

姓名 성명

성씨 성 이름 명

뜻: 성과 이름.

"출석부에 우리 반 친구들의 성명이 적혀 있어요."

활용 한자

百姓 백성

일백 백 성씨 성

뜻: 일반 국민을 예스럽게 이르는 말.

"왕은 백성이 살기 좋은 나라를 만들기 위해서 노력했어요."

# 집 실

집을 뜻하며, 실이라고 읽어요.
화살이 지붕 아래 땅에 박힌
모습을 나타내요.

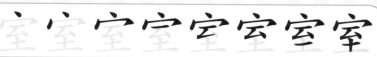

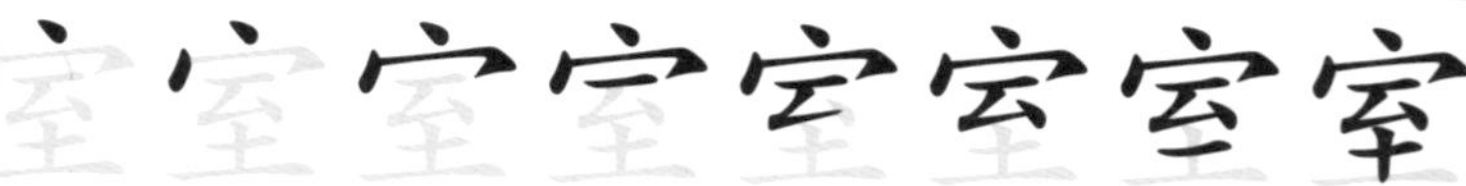

室

한자를 소리 내어 읽으면서 바르게 써 보세요!

室

居室 거실

살 거 집 실

뜻: 가족이 모여 공동으로 생활하는 방.

**"우리 집 거실에는 커다란 소파가 있어요."**

室外 실외

집 실 바깥 외

뜻: 방이나 건물 등의 밖.

**"우리 학교 체육 대회는 실외 운동장에서 해요."**

7급

4장 인물

집 가

집을 뜻하며, 가라고 읽어요.
옛날에 아주 귀했던 돼지를
집 안에서 키우는 모습이에요.

家 家 家 家 家 家 家 家 家

## 한자를 소리 내어 읽으면서 바르게 써 보세요!

### 활용 한자

# 家族 가족

집 가 겨레 족

뜻: 부부, 부모와 자식 등 한 집안을 이루는 사람들.

**"내가 제일 사랑하는 사람들은 우리 가족이에요."**

### 활용 한자

# 家具 가구

집 가 갖출 구

뜻: 집안 살림에 쓰는 기구.

**"할머니는 어제 꽃무늬의 새 가구를 사셨어요."**

# 命 목숨 명

목숨을 뜻하며, 명이라고 읽어요.
대궐에 사는 높은 사람이 명령하는
모습을 나타내요.

## 한자를 소리 내어 읽으면서 바르게 써 보세요!

壽命 수명
목숨 수 목숨 명

뜻: 생물의 목숨.

"의학 기술의 발달로 사람의 수명이 점점 늘어나고 있어요."

生命 생명
날 생 목숨 명

뜻: 사람이 살아서 숨 쉬고 활동할 수 있게 하는 힘.

"모든 생물의 생명은 소중해요."

8급

4장 인물

# 백성 민

백성을 뜻하며, 민이라고 읽어요.
여러 성씨가 모여 있는 모습을
나타내요.

民 民 民 民 民

한자를 소리 내어 읽으면서 바르게 써 보세요!

民主 민주
백성 민 임금 주

뜻: 주권이 국민에게 있음.

**"우리나라는 *민주주의 국가예요."**

多民族 다민족
많을 다 백성 민 겨레 족

뜻: 여러 민족.

**"미국은 다민족으로 이루어져 문화도 다양해요."**

*민주주의: 국민이 권력을 가지고 스스로 권력을 행사하는 제도.

4장 인물

# 世

## 인간, 대 세

인간의 시간을 뜻하며, 세라고 읽어요. 나뭇가지와 이파리의 모양이에요.

一 廿 廿 廿 世

## 한자를 소리 내어 읽으면서 바르게 써 보세요!

### 교과서 한자

世紀 세기

인간, 대 세 벼리 기

뜻: 일정한 역사적 시대.

"매 세기마다 과학은 발전하고 있어요."

### 활용 한자

世上 세상

인간, 대 세 윗 상

뜻: 사람들이 살고 있는 모든 사회.

"할아버지는 나에게 세상을 현명하게 사는 방법을 알려 주셨어요."

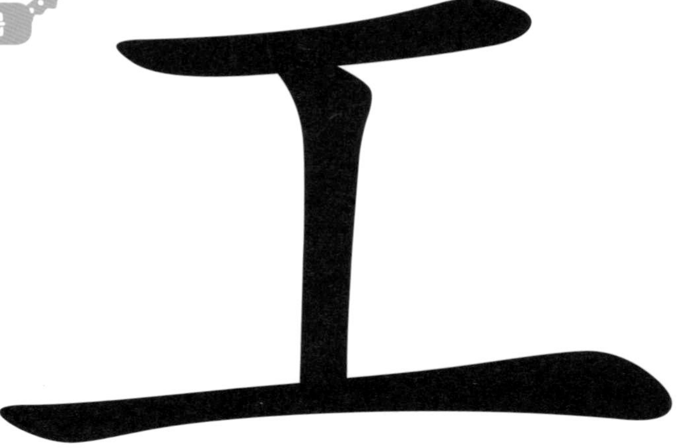

# 장인 공

장인이나 솜씨를 뜻하며, 공이라고 읽어요. 땅을 다질 때 쓰는 도구의 모양이에요.

한자를 소리 내어 읽으면서 바르게 써 보세요!

교과서 한자

工夫 공부

장인 공 지아비 부

뜻: 학문이나 기술 등을 배우고 익힘.

"나는 수학 공부를 열심히 해서 수학자가 될 거예요."

활용 한자

工場 공장

장인 공 마당 장

뜻: 재료를 가공해 물건을 만들어 내는 시설을 갖춘 곳.

"공장에서는 한 번에 많은 물건을 만들 수 있어요."

# 임금 왕

임금을 뜻하며, 왕이라고 읽어요.
*우두머리만 가지고 있던 도끼를
나타내요.

王 王 王 王

*우두머리: 어떤 일이나 단체에서 가장 뛰어난 사람.

한자를 소리 내어 읽으면서 바르게 써 보세요!

王

王宮 왕궁

임금 왕 집 궁

뜻: 임금이 사는 궁전.

"아름다운 경복궁은 조선시대의 왕궁 중 하나예요."

王子 왕자

임금 왕 아들 자

뜻: 임금의 아들.

"임금의 아내는 왕비, 딸은 공주, 아들은 왕자라고 불러요."

8급

# 軍

## 군사 군

나라의 군사를 뜻하며, 군이라고 읽어요. 전쟁에 쓰이던 수레를 눈에 띄지 않게 덮어 둔 모습이에요.

軍

## 한자를 소리 내어 읽으면서 바르게 써 보세요!

# 國軍 국군

나라 국 군사 군

뜻: 우리나라의 군대와 군인.

"우리나라 국군은 육군, 공군, 해군으로 이루어져 있어요."

# 軍人 군인

군사 군 사람 인

뜻: 군대에서 복무하는 사람.

"군인 덕분에 우리나라는 항상 안전해요."

5장

# 반짝반짝 생활 표현 한자

# 物

물건 물

물건을 뜻하며, 물이라고 읽어요.
소를 파는 모습을 나타내요.

丿 𠂉 牛 牛 牜 物 物 物

## 한자를 소리 내어 읽으면서 바르게 써 보세요!

### 교과서 한자

# 物體 물체

물건 물　몸 체

뜻: 구체적인 형태를 가지고 있는 물건.

"형은 무거운 물체도 번쩍 들어 올릴 수 있어요."

### 활용 한자

# 物件 물건

물건 물　물건 건

뜻: 일정한 형태를 가진 모든 물질적 대상.

"나는 색연필을 사고 정확하게 물건값을 치렀어요."

# 車

수레 거/차

바퀴 달린 사물을 뜻하며,
거 또는 차라고 읽어요.
수레의 모양이에요.

한자를 소리 내어 읽으면서 바르게 써 보세요!

교과서 한자

駐車場 주차장

머무를 주 수레 거/차 마당 장

뜻: 차를 세워 두도록 마련한 곳.

"아파트 주차장에는 자동차가 많아요."

활용 한자

車道 차도

수레 거/차 길 도

뜻: 차가 다니도록 마련한 길.

"길을 걸을 땐 차도 말고 *인도로 걸어야 해요."

*인도: 보행자가 지나다닐 수 있도록 만든 도로.

쇠 금

돈이나 금을 뜻하며, 금이라고 읽어요. 흙 속에 묻혀 있던 광물, 금을 나타내요.

金 金 金 金 金 金 金 金

## 한자를 소리 내어 읽으면서 바르게 써 보세요!

### 교과서 한자

# 金星 금성

쇠 금 　별 성

뜻: 태양에서 두 번째로 가까운 행성.

"금성은 지구와 크기가 비슷해요."

### 활용 한자

# 金色 금색

쇠 금 　빛 색

뜻: 황금과 같이 광택이 나는 누런색.

"햇볕을 받은 갈대는 금색으로 찬란하게 빛나요."

7급

# 旗

기 기

깃발을 뜻하며, 기라고 읽어요.
군대에서 쓰는 깃발의
모양이에요.

旗 旗 旗 旗 旗 旗 旗 旗 旗 旗 旗 旗 旗 旗

한자를 소리 내어 읽으면서 바르게 써 보세요!

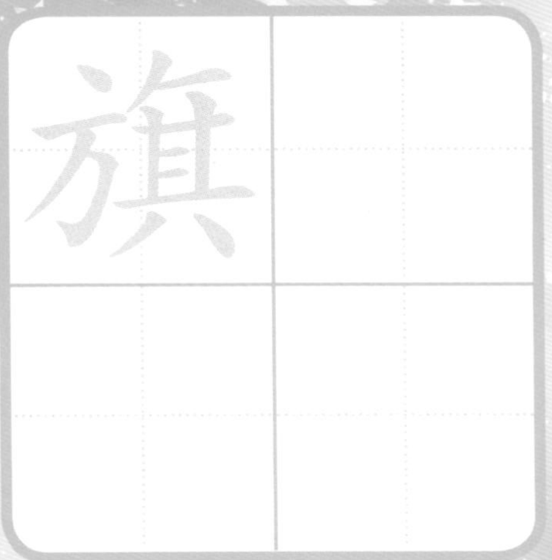

白旗 백기
흰 백 기 기

뜻: 흰 빛깔의 기.

"운동장 기둥에 달린 백기가 바람에 흔들려요."

旗手 기수
기 기 손 수

뜻: 행사 때 대열의 앞에 서서 기를 드는 일을 맡은 사람.

"우리 반 기수는 투표로 정해요."

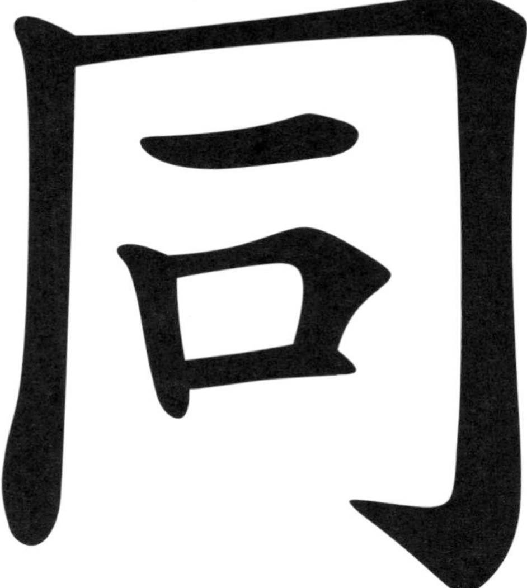



# 한가지 동

한가지 또는 무리를 뜻하며, 동이라고 읽어요. 큰 그릇과 입 모양으로 함께 이야기를 나누는 모습이에요.

한자를 소리 내어 읽으면서 바르게 써 보세요!

# 同甲 동갑

한가지 동 갑옷 갑

뜻: 같은 나이.

"우리 동네에는 나와 동갑인 친구가 많아요."

# 同時 동시

한가지 동 때 시

뜻: 같은 때. 같은 시간.

"달리기 대회에서 언니와 나는 결승점으로 동시에 들어왔어요."

7급

5장 생활

# 일 사

일 또는 직업을 뜻하며,
사라고 읽어요. 제사를 지낼 때 쓰는
깃대를 손으로 들고 있는 모습이에요.

한자를 소리 내어 읽으면서 바르게 써 보세요!

**교과서 한자**

# 從事 종사

좇을 종 일 사

뜻: 어떤 일에 마음을 다해 일함.

**"어머니와 아버지는 서로 다른 일에 종사해요."**

**활용 한자**

# 家事 가사

집 가 일 사

뜻: 살림살이에 관한 일.

**"우리 가족은 다 함께 가사 활동을 해요."**

생활

힘 력

힘을 뜻하며, 력이라고 읽어요.
밭을 가는 농기구 모양이에요.

フ 力

## 한자를 소리 내어 읽으면서 바르게 써 보세요!

# 努力 노력

힘쓸 노 힘 력

뜻: 힘을 씀.

**"동생은 영어를 잘하려고 노력해서 알파벳을 모두 배웠어요."**

# 力不足 역부족

힘 력 아닐 불/부 발 족

뜻: 힘이나 기량 따위가 모자람.

**"혼자서 하기에 역부족인 일도 친구와 함께 하면 성공할 수 있어요."**

# 농사 농

농사를 뜻하며, 농이라고 읽어요.
농기구를 들고 밭을 가는 모습을
나타내요.

農 農 農 農 農

한자를 소리 내어 읽으면서 바르게 써 보세요!

교과서 한자

農夫 농부

농사 농 지아비 부

뜻: 농사일을 직업으로 하는 사람.

"우리 할아버지는 멋진 농부예요."

활용 한자

農事 농사

농사 농 일 사

뜻: 논밭에 씨를 심고 가꾸는 등의 일.

"옥상에 있는 텃밭에 상추 농사를 지어요."

네모나 방향을 뜻하며, 방이라고 읽어요. 소가 끄는 쟁기와 방향을 조절하는 손잡이 모양이에요.

方 方 方 方

한자를 소리 내어 읽으면서 바르게 써 보세요!

方向 방향

모, 본뜰 방 향할 향

뜻: 어떤 곳을 향한 쪽.

"음료수의 뚜껑을 열 때는 시계 방향으로 돌려요."

前方 전방

앞 전 모, 본뜰 방

뜻: 앞을 향한 쪽.

"자동차로 전방 20m를 더 가면 수영장이 나와요."

7급



# 時

## 때 시

부수 日

총 10획

어떤 때를 뜻하며, 시라고 읽어요.
해와 발걸음 모양으로, 해가 뜨면
시간이 흐르는 모습을 나타내요.

丨 冂 月 日 日 旪 時 時

時 時

한자를 소리 내어 읽으면서 바르게 써 보세요!

교과서 한자

時針 시침

때 시 바늘 침

뜻: 시계에서 시를 가리키는 짧은 바늘.

"시침은 분침보다 느리게 움직여요."

활용 한자

時間 시간

때 시 사이 간

뜻: 한 시각에서 다른 시각까지의 사이.

"친구와 놀 땐 시간이 빠르게 지나가는 것 같아요."

8급

5장 생활

# 敎

## 가르칠 교

가르침을 뜻하며, 교라고 읽어요.
회초리를 들어 아이를 가르치는
모습을 나타내요.

## 한자를 소리 내어 읽으면서 바르게 써 보세요!

### 교과서 한자

# 敎科書 교과서

가르칠 교 과목 과 글 서

뜻: 학교에서 가르치는 데 쓰는 책.

"등교할 때는 책가방에 교과서를 잘 챙겨야 해요."

### 활용 한자

# 敎師 교사

가르칠 교 스승 사

뜻: 주로 학교에서 학생을 가르치는 사람.

"내 꿈은 운동을 잘하는 체육 교사예요."

8급

5장 생활

# 學

배울 학

부수 子
총 16획

배우다, 공부하다를 뜻하며,
학이라고 읽어요. 아이가 배움을
얻는 모습을 나타내요.

學 學 學 學 學 學 學 學
學 學 學 學 學 學 學 學

한자를 소리 내어 읽으면서 바르게 써 보세요!

學者 학자

배울 학 놈 자

뜻: 학문을 연구하는 사람.

"아인슈타인은 노벨상을 받은 유명한 물리학자예요."

學生 학생

배울 학 날 생

뜻: 배우는 사람.

"우리 반에는 20명의 학생이 있어요."

글자를 뜻하며, 문이라고 읽어요.
몸에 문신을 새긴 사람의
모습이에요.

한자를 소리 내어 읽으면서 바르게 써 보세요!

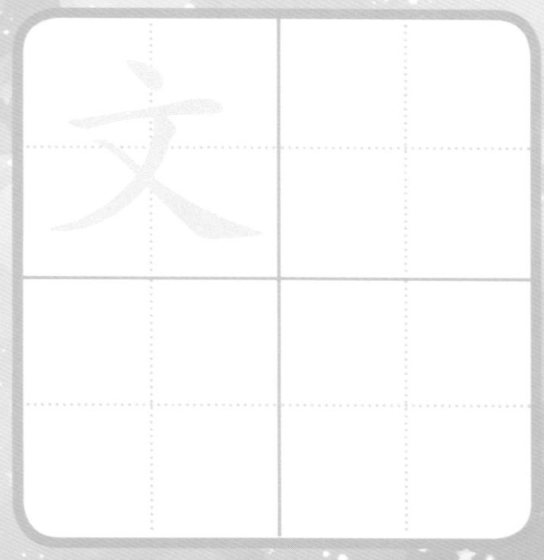

교과서 한자

文章 문장

글월 문 글 장

뜻: 생각이나 감정을 글로 표현한 것.

"형은 내 일기장에 적힌 서툰 문장을 바르게 고쳐 줬어요."

활용 한자

文字 문자

글월 문 글자 자

뜻: 말을 눈으로 읽을 수 있게 나타낸 기호.

"문자를 적을 때는 반듯하게 적어야 해요."

# 問

## 물을 문

물음을 뜻하며, 문이라고 읽어요. 여닫는 문과 입의 모양으로, 집에 방문해 물어보는 모습이에요.

한자를 소리 내어 읽으면서 바르게 써 보세요!

質問 질문

바탕 질 물을 문

뜻: 모르는 것을 물어 대답을 구함.

**"모르는 문제가 있을 때는 선생님께 질문해요."**

활용 한자

問安 문안

물을 문 편안 안

뜻: 웃어른에게 안부를 여쭘.

**"나는 아침 일찍 일어나서 부모님께 문안 인사를 드렸어요."**

대답 답

대답을 뜻하며, 답이라고 읽어요.
종이가 없던 시절 대나무에 편지를
써서 주고받던 모습이에요.

答 答 答 答 答 答 答 答
答 答 答 答

## 한자를 소리 내어 읽으면서 바르게 써 보세요!

### 교과서 한자

答案 답안
대답 답 책상 안

뜻: 문제의 해답.

"과학 문제를 다 풀고 시험지에 답안을 작성했어요."

### 활용 한자

答狀 답장
대답 답 문서 장

뜻: 편지를 보내 대답함.

"동생에게 편지를 쓰고 이틀 만에 답장을 받았어요."

# 記

## 기록할 기

5장 생활

부수 言
총 10획

기록을 뜻하며, 기라고 읽어요.
말을 나타내는 言(말씀 언)과 줄을
늘어놓은 모양을 더한 글자예요.

記 記 記 記 記 記 記 記

記 記

한자를 소리 내어 읽으면서 바르게 써 보세요!

## 筆記 필기

붓 필 기록할 기

뜻: 글씨를 씀.

"수업 시간에 열심히 필기해야 내용을 금방 잊지 않아요."

## 활용 한자

## 記事 기사

기록할 기 일 사

뜻: 사실을 적음. 또는 적은 글.

"아버지는 매일 아침 신문 기사를 읽어요."

7급

# 歌

## 노래 가

노래를 뜻하며, 가라고 읽어요.
여러 명이 입을 벌려 노래하는
모습을 나타내요.

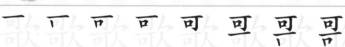

歌 歌 歌 歌 歌 歌

한자를 소리 내어 읽으면서 바르게 써 보세요!

校歌 교가
학교 교 노래 가

뜻: 학교를 상징하는 노래.

"중학교 졸업식에서 친구들과 함께 교가를 불렀어요."

歌手 가수
노래 가 손 수

뜻: 노래 부르는 것을 직업으로 삼는 사람.

"라디오에서 유명한 가수의 노래가 흘러나와요."

7급

# 間

## 사이 간

사이를 뜻하며, 간이라고 읽어요.
달빛이 문틈으로 들어오는 모양을
나타내요.

한자를 소리 내어 읽으면서 바르게 써 보세요!

교과서 한자

間隔 간격
사이 간 사이 뜰 격

뜻: 공간이나 시간적으로 벌어진 사이.

"시험을 볼 때는 옆 사람과의 간격을 넓혀 앉아요."

활용 한자

間食 간식
사이 간 밥 식

뜻: 끼니 사이에 음식을 간단히 먹음.

"오늘의 간식은 삶은 감자예요."

# 氣

## 기운 기

분위기나 기운을 뜻하며, 기라고 읽어요. 그릇에서 뜨거운 김이 모락모락 피어오르는 모양이에요.

氣 氣 氣 氣 氣 氣 氣 氣

氣 氣

한자를 소리 내어 읽으면서 바르게 써 보세요!

氣候 기후

기운 기 기후 후

뜻: 기온, 비, 눈 등의 대기 상태.

"우리나라는 온대 기후에 속해서 사계절이 모두 나타나요."

氣力 기력

기운 기 힘 력

뜻: 사람의 몸으로 활동할 수 있는 힘.

"우리 반은 농구 경기에서 기력을 다했어요."

7급

5장 생활

# 아닐 불/부

아니라고 부정하는 것을 뜻하며, 불 또는 부라고 읽어요. 새가 나뭇가지를 물고 하늘로 날아가 내려오지 않는 모양이에요.

一 丆 不 不

## 한자를 소리 내어 읽으면서 바르게 써 보세요!

### 교과서 한자

**不滿** 불만

아닐 불/부 찰 만

뜻: 마음에 만족스럽지 않음.

"우리 가족은 서로에게 불만이 생기지 않도록 노력해요."

### 활용 한자

**不安** 불안

아닐 불/부 편안 안

뜻: 마음이 편하지 않음.

"어려운 시험이 있던 날, 형의 응원 덕분에 불안한 감정이 사라졌어요."

날 출

나타남을 뜻하며, 출이라고 읽어요.
문 밖으로 발이 나가는 모습을
나타내요.

丨 屮 屮 出 出

## 한자를 소리 내어 읽으면서 바르게 써 보세요!

出發 출발

날 출 필 발

뜻: 목적지를 향하여 나아감.

"언니는 배를 타고 제주도로 출발했어요."

出口 출구

날 출 입 구

뜻: 밖으로 나갈 수 있는 통로.

"나는 복잡한 미로에서 출구를 단번에 찾았어요."

날 생

없다가 생겨남 또는 싱싱함을 뜻하며,
생이라고 읽어요. 새싹이 돋아나듯
새 생명이 태어나는 모습을 나타내요.

丿 𠂉 𠂉 牛 生

한자를 소리 내어 읽으면서 바르게 써 보세요!

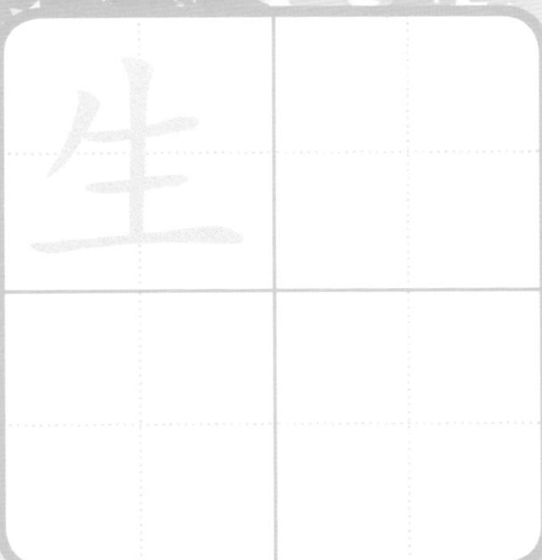

교과서 한자

生活 생활
날생 살활

뜻: 사람이나 동물이 활동하며 살아감.

"동물원에서 앵무새의 생활을 관찰했어요."

활용 한자

生前 생전
날생 앞전

뜻: 살아 있는 동안.

"이렇게 커다란 딸기는 생전 처음 봤어요."

# 動

## 움직일 동

움직임을 뜻하며, 동이라고 읽어요.
무거운 보따리를 메고 걸어가는
모습을 나타내요.

動 動 動

한자를 소리 내어 읽으면서 바르게 써 보세요!

動作 동작

움직일 동 지을 작

뜻: 몸이나 손발 등을 움직임.

"선생님의 동작을 따라 하면서 새로운 춤을 배웠어요."

動物 동물

움직일 동 물건 물

뜻: 사람 이외의 짐승.

"동물을 좋아하는 동생의 꿈은 수의사예요."

8급

5장 생활

# 先

## 먼저 선

부수 儿
총 6획

앞서는 것 또는 옛날을 뜻하며,
선이라고 읽어요. 앞서가는
발자국의 모양을 나타내요.

先 先 先 先 先 先

## 한자를 소리 내어 읽으면서 바르게 써 보세요!

**先生** 선생

먼저 선 날 생

뜻: 학생을 가르치는 사람.

**"음악 선생님은 리코더 사용법에 대해 자세히 알려 주셨어요."**

**先輩** 선배

먼저 선 무리 배

뜻: 같은 분야에서 자기보다 앞선 사람.

**"우리 동아리 선배는 후배를 항상 따뜻하게 대해 주세요."**

오를 등

오르는 것을 뜻하며, 등이라고 읽어요.
그릇을 들고 계단을 오르는 모습을
나타내요.

丿 ㇇ 癶 癶 癶 癶 癶 癶
登 登 登 登

## 한자를 소리 내어 읽으면서 바르게 써 보세요!

# 登校 등교

오를 등 학교 교

뜻: 학생이 학교에 감.

**"나는 친구와 매일 손을 잡고 함께 등교해요."**

# 登山 등산

오를 등 메 산

뜻: 운동이나 탐험을 위해 산에 오름.

**"아버지는 주말마다 등산을 하러 앞산에 가세요."**

# 올 래(내)

오는 것을 뜻하며, 래 또는 내라고 읽어요. 보리의 모양을 나타내요.

一 𠆢 來 來 來 來 來 來

## 한자를 소리 내어 읽으면서 바르게 써 보세요!

未來 미래

아닐 미 올 래(내)

뜻: 아직 오지 않은 때.

"미래의 나는 어떤 모습일지 궁금해요."

來日 내일

올 래(내) 날 일

뜻: 오늘의 바로 다음 날.

"내일은 친구와 함께 식물원에 가기로 했어요."

# 大

큰 대

크기가 큼을 뜻하며, 대라고 읽어요.
사람이 양팔을 벌리고 서 있는
모습이에요.

一 ナ 大

한자를 소리 내어 읽으면서 바르게 써 보세요!

**교과서 한자**

# 大門 대문

큰 대 문 문

뜻: 큰 문. 집의 정문.

**"우리 집 대문은 파란색이에요."**

**활용 한자**

# 大衆 대중

큰 대 무리 중

뜻: 수많은 사람의 무리.

**"대중이 즐겨 부르는 노래를 가요라고 해요."**

# 小 작을 소

크기가 작음을 뜻하며, 소라고 읽어요. 작은 조각들이 이리저리 흐트러진 모습을 나타내요.

小 小 小

## 한자를 소리 내어 읽으면서 바르게 써 보세요!

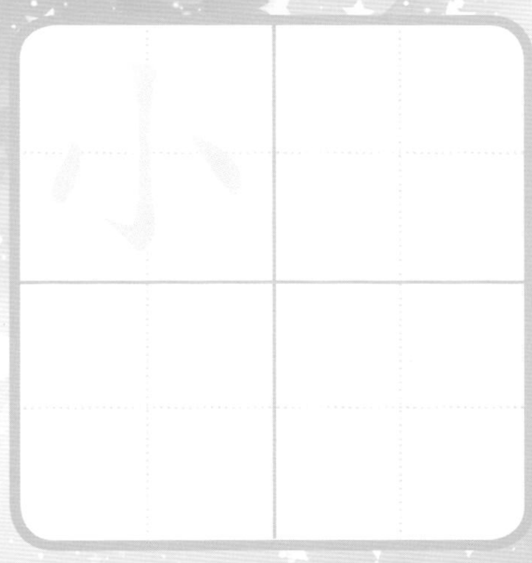

**小家族** 소가족

작을 소 집 가 겨레 족

뜻: 식구 수가 적은 가족.

"식구가 많은 대가족의 반대말은 소가족이에요."

**大小事** 대소사

큰 대 작을 소 일 사

뜻: 크고 작은 일.

"우리 가족은 집안의 대소사를 함께 상의해서 결정해요."

곧을 직

곧게 편 모양을 뜻하며, 직이라고 읽어요. 지켜보는 눈이 열 개 있는 모양이에요.

一 十 𠂇 冇 有 直 直 直

한자를 소리 내어 읽으면서 바르게 써 보세요!

直線 직선

곧을 직 줄 선

뜻: 꺾이거나 굽은 데가 없는 곧은 선.

"동생은 도화지 위에 자를 대고 직선을 그었어요."

直言 직언

곧을 직 말씀 언

뜻: 옳고 그름을 거리낌 없이 말함.

"나의 잘못에 직언을 해 준 친구 덕분에 내 행동을 반성했어요."

# 洞

## 골 동, 밝을 통

마을을 뜻할 때는 동이라 읽고, 밝음을 뜻할 때는 통이라고 읽어요. 물 옆에 사람들이 모여 있는 모습이에요.

洞 洞 洞 洞 洞 洞 洞 洞

洞

한자를 소리 내어 읽으면서 바르게 써 보세요!

**교과서 한자**

洞窟 동굴

골 동 굴 굴

뜻: 자연적으로 생긴 깊고 넓은 굴.

"동굴 안에서 소리치면 목소리가 멀리 울려요."

**활용 한자**

一洞 일동

한 일 골 동

뜻: 온 마을.

"마을에 시장이 열려서 일동이 소란스러워요."

6장

# 룰루랄라 장소와 기타 표현 한자

# 門

문 문

문을 뜻하며, 문이라고 읽어요.
양쪽으로 여닫는 문의 모양을
나타내요.

한자를 소리 내어 읽으면서 바르게 써 보세요!

교과서 한자

後門 후문
뒤 후 문 문

뜻: 뒤쪽이나 옆으로 난 문.

"학교 후문에는 문구점이 많아요."

활용 한자

門前 문전
문 문 앞 전

뜻: 문 앞. 대문 앞.

"모자를 할인 판매하는 가게 문전에 사람들이 늘어섰어요."

빌 공

비어 있는 공간을 뜻하며, 공이라고 읽어요. 도구로 빈 공간을 파낸 모양이에요.

한자를 소리 내어 읽으면서 바르게 써 보세요!

空氣 공기

빌 공 기운 기

뜻: 대기의 하층부를 구성하는 무색, 무취의 기체.

"사계절 중에 겨울 공기가 가장 차가워요."

空中 공중

빌 공 가운데 중

뜻: 하늘과 땅 사이의 빈 곳.

"비행기는 공중을 날아서 이동해요."

학교 교

학교를 뜻하며, 교라고 읽어요.
木(나무 목)과 交(사귈 교)가 만난 한자예요.

一 十 才 木 木' 木' 木' 木'
校 校

## 한자를 소리 내어 읽으면서 바르게 써 보세요!

### 교과서 한자

# 校服 교복

학교 교 옷 복

뜻: 학교에서 학생들이 입도록 정한 제복.

**"고등학교에 다니는 누나는 교복을 입고 등교해요."**

### 활용 한자

# 校內 교내

학교 교 안 내

뜻: 학교 안.

**"오늘은 교내 강당에서 입학식이 있어요."**

# 저자 시

시장을 뜻하며, 시라고 읽어요.
머리에 수건을 두르고 시장에 가는
모습을 나타내요.

한자를 소리 내어 읽으면서 바르게 써 보세요!

교과서 한자

# 市場 시장

저자 시 마당 장

뜻: 여러 가지 상품을 사고파는 일정한 장소.

"부모님과 시장에 가서 맛있는 음식을 먹었어요."

# 市內 시내

저자 시 안 내

뜻: 도시의 중심가.

"우리 동네 시내에는 큰 백화점이 있어요."

# 里

## 마을 리(이)

마을을 뜻하며, 리 또는 이라고 읽어요. 밭과 흙이 있는 모양으로, 사람들이 모여 사는 모습을 나타내요.

한자를 소리 내어 읽으면서 바르게 써 보세요!

里長 이장

마을 리(이) 길, 어른 장

뜻: 마을을 대표해 일을 맡은 사람.

"이장님은 마을에 문제가 생기면 빠르게 해결해 주세요."

邑里 읍리

고을 읍 마을 리(이)

뜻: 읍과 촌락 (시골의 작은 마을).

"우리 집은 공기가 맑은 읍리에 위치해 있어요."

7급



# 道

길 도

길을 뜻하며, 도라고 읽어요.
길을 걷는 사람의 모습을 나타내요.

道 道 道 道 道 道 道 道
道 道 道 道 道

한자를 소리 내어 읽으면서 바르게 써 보세요!

道德 도덕

길 도 큰 덕

뜻: 인간이 지켜야 할 도리.

"나와 친구들은 도덕적으로 살기 위해서 노력해요."

道路 도로

길 도 길 로

뜻: 사람이나 차가 다닐 수 있도록 만든 길.

"우리 동네는 이번에 도로를 넓히는 공사를 했어요."

8급

# 寸

마디 촌

6장 장소 · 기타

작은 마디 또는 촌수를 뜻하며, 촌이라고 읽어요. 손끝에서 손목까지의 길이를 나타낸 모양이에요.

한자를 소리 내어 읽으면서 바르게 써 보세요!

교과서 한자

寸刻 촌각

마디 촌 새길 각

뜻: 매우 짧은 동안의 시간.

"급할 때는 촌각을 다툰다는 표현을 써요."

활용 한자

三寸 삼촌

석 삼 마디 촌

뜻: 아버지의 남자 형제.

"우리 삼촌은 맛있는 음식을 만들어 주는 멋진 요리사예요."

6장 장소·기타

# 나라 국

부수 口
총 11획

나라를 뜻하며, 국이라고 읽어요.
네모난 성벽에 창이 놓인 모양으로,
나라를 지키는 모습이에요.

## 한자를 소리 내어 읽으면서 바르게 써 보세요!

# 國旗 국기

나라 국 기 기

뜻: 한 나라를 상징하는 기.

"우리나라 국기는 태극기예요."

# 國民 국민

나라 국 백성 민

뜻: 그 나라의 국적을 가진 사람.

"나는 자랑스러운 우리나라의 국민이에요."

8급



# 韓

## 한국, 나라 한

우리나라 한국 또는 나라 이름을 뜻하며, 한이라고 읽어요. 눈부신 햇빛이 성을 비추는 모양이에요.

一 𠂇 𠂇 古 古 直 直 卓 卓 韓 韓 韓 韓 韓 韓 韓 韓

## 한자를 소리 내어 읽으면서 바르게 써 보세요!

# 韓服 한복

한국, 나라 한 옷 복

뜻: 우리나라 고유한 옷.

**"한복은 우리나라의 아름다운 전통 의상이에요."**

# 韓人 한인

한국, 나라 한 사람 인

뜻: 한국인으로서 외국에 나가 살고 있는 사람.

**"외국에는 한인 학교가 따로 있어요."**

# 한자가 만들어지는 원리

**1** 상형문자(象形文字)는 사물의 모양을 본떠서 만든 글자예요.

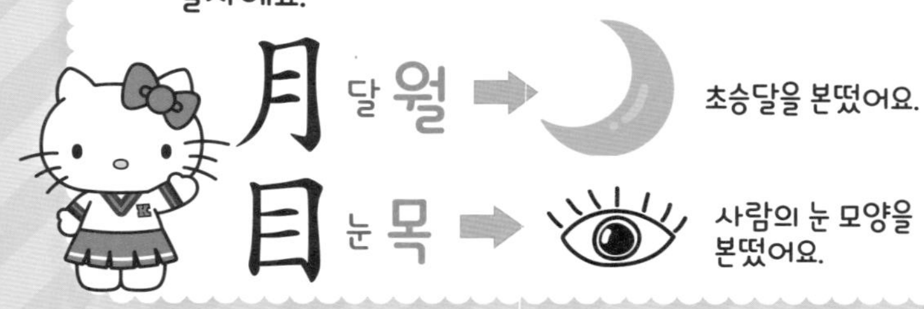

月 달 월
초승달을 본떴어요.
目 눈 목
사람의 눈 모양을 본떴어요.


**2** 지사문자(指事文字)는 그림으로 나타내지 못하는 말을 점과 선 등의 부호로 나타낸 글자예요.

선으로 나타낸 문자: 一 한 일

점과 선으로 나타낸 문자: 上 윗 상

부록

**3** 회의문자(會意文字)는 두 개 이상의 글자를 합쳐서 새로운 뜻과 음을 나타낸 글자예요.

夕 + 口 → 名 이름 명

저녁 석 입 구

**4 전주문자(轉注文字)**는 한 글자에 두 가지 이상의 뜻과 음이 있는 글자예요.

樂 노래 악, 즐길 락, 좋아할 요

**5 형성문자(形聲文字)**는 두 글자를 합해 하나는 뜻을, 하나는 음을 나타낸 글자예요.

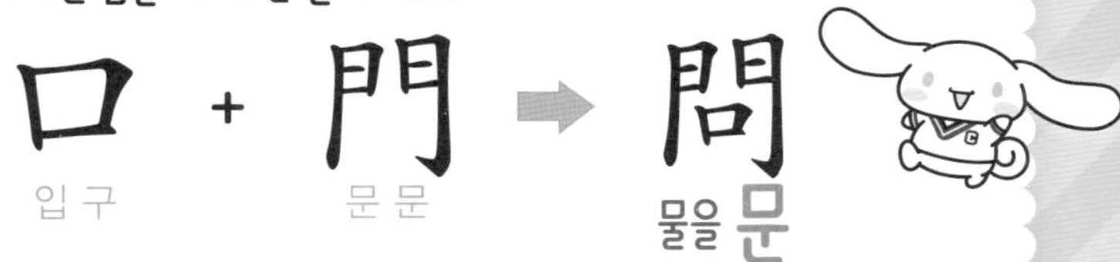


뜻(입 구)과 음(문 문)이 합해 '물음'을 뜻하는 글자가 됐어요.

**6 가차문자(假借文字)**는 글자 뜻과는 관계없이 음을 빌려 나타낸 글자예요. 주로 외래어에 많이 쓰여요.

# 한눈에 보는 한자

동녘 동

나뭇가지 사이에서 태양이 나오는 모습으로, 해가 동쪽에서 뜬다는 데서 생겨났어요.

서녘 서

새가 둥지에 들어오는 모양으로, 해가 서쪽으로 넘어갈 때 새가 둥지로 다시 돌아온다는 데서 생겨났어요.

남녘 남

남쪽 혹은 남녘을 뜻하는 글자로,
부수는 十(열 십)을 사용해요.

북녘 북

두 사람이 서로 등을 맞댄 모습으로, 주로 사람은 빛이 드는 남쪽을 바라보기 때문에 北은 등 뒤쪽인 북쪽을 나타내요.

# 한눈에 보는 한자

가벼울 경

'가볍다' 혹은 '가벼이 여기다'를 뜻해요.
부수는 車(수레 거/차)를 사용해요.

무거울 중

'무겁다' 혹은 '소중하다'를 뜻하는 글자로, 人(사람 인)과 東(동녘 동)이 합쳐진 글자예요.

귀 이

'듣다' 혹은 '귀'를 뜻하는 글자로,
귀의 모양을 본떴어요.

코 비

'코'를 뜻하는 글자로, 숨을 들이쉬는
코와 폐를 함께 나타낸 모양이에요.

# 한자 찾기 놀이터

한자에 알맞은 뜻을 <보기>에서 찾아 동그라미 해 보세요!

보기

일백 백

일천 천

열 십

달 월

날 일

흰 백

눈 목

마음 심

손 수

정답은 아래에 있어요!

집 가

집 실

이름 명

농사 농

기운 기

일 사

나라 국

나라 한

학교 교

정답: 열 십, 날 일, 마음 심, 집 가, 일 사, 나라 국

# 찾아보기

찾아보기

# 산리오캐릭터즈

## 수수께끼 사전

귀여운 산리오캐릭터즈와 6개 주제로 구성된 재미있는 퀴즈를 풀고 즐거운 놀이도 함께 해요!

값: 13,000원

## 속담 사전

귀여운 산리오캐릭터즈와 6개 주제로 구성된 다양한 속담을 알아보고 어휘력과 상식을 키워 보세요!

값: 13,000원

## 한자 사전

귀여운 산리오캐릭터즈와 6개 주제로 구성된 8~7급 한자를 알아보고 한자의 기초를 튼튼하게 다져 보세요!

값: 13,000원